Katzen in meinem Leben

**Ein Erlebnisbericht
von Andrea Rohn**

© 2022, Andrea Rohn
Herstellung und Verlag: BoD – Books on Demand, Norderstedt
ISBN: 9783756816927

Inhaltsverzeichnis

Für alle meine katzenhaften Wegbegleiter

*Katzen fällt leicht, was wir niemals schaffen:
lautlos durchs Leben zu gehen.*
Ernest Hemingway

Vorwort

In diesem Buch habe ich meine Erinnerungen an die Katzen niedergeschrieben, welche mich von meiner Kindheit an bis 2021 begleitet haben.

Ich möchte aber auch aufzeigen, wie komprimiert ein Gedicht, eine Episode oder ein ganzes Leben der einzelnen Katzen wiedergeben kann. Zusätzlich habe ich die ausführliche Geschichte angefügt, um Details, welche ich in der Lyrik nicht berücksichtigen konnte, zu schildern.

Vielleicht mag dem einen oder anderen Leser manches Kapitel etwas trocken erscheinen. Deshalb weise ich ausdrücklich darauf hin: Gerade die ersten Erlebnisse liegen bereits mehrere Jahrzehnte zurück und geben nur das wieder, was mir noch in Erinnerung geblieben ist.

Ursprünglich schrieb ich dieses Buch nur für die Familienmitglieder, welche die Katzen persönlich gekannt haben. Außerdem wollte ich einigen Hauskatzen ein Denkmal setzen.

Vielleicht erkennt so manch Lesender in den Geschichten Eigenheiten der eigenen Katzengefährten wieder. Es würde mich freuen, wenn ich Erinnerungen wecken kann, welche lange verschüttet waren.

Natürlich möchte ich mit diesem Buch auch den unerfahrenen Katzenbesitzern, welche zum ersten Mal eines dieser wunderbaren Tiere bei sich aufgenommen haben, Mut zusprechen. Katzen sind – genau wie Menschen – eigenständige Persönlichkeiten. Jede Katze und jeder Kater ist anders, vom Aussehen, vom Wesen und von dem, was sie oder er bereits erlebt hat.

Deshalb: Gib jedem dieser „Pelzchen" eine Chance dir sein wahres Ich zu zeigen!

1. Kapitel: Minka

Minka

Einst lebte ein Dachhase,
der Minka hieß, im Haus.
Das Fleisch vor ihrer Nase,
das machte ihr nichts aus.

Sie lag gern in der Küche
auf einem Stuhl am Tisch.
Sie liebte die Gerüche
von Fleisch, das noch ganz frisch.

Doch nie tat sie sich gütlich
am Menschenmittagessen.
Sie fand's dort nur gemütlich,
wo sie erhielt ihr Fressen.

An den Kanarienvogel,
der hoch stand auf dem Schrank,
hat nie sich ran gemogelt
die Minka. Gott sei Dank!

Sie war 'ne Bauernkatze,
die viele Mäuse fing.
Doch nie griff ihre Tatze
nach manch verbot 'nem Ding.

Eine Bauernhofkatze

Eines Tages war sie da. Ohne Vorankündigung, ohne einen für uns Menschen ersichtlichen Grund, betrat sie erst unser Grundstück und dann unser Haus. Schließlich schlich sie sich auch noch in die Herzen von uns Kindern ein. Wahrscheinlich auch in diejenigen der Erwachsenen, wenn sie das auch niemals zugeben würden.

Sie hieß *Minka* und war eine Bauernhofkatze. Ganz unbekannt war sie uns allen nicht, denn sie lebte schon seit Jahren auf dem Nebenerwerbshof meines Großonkels. Er lag an einer der Seitenstraßen von derjenigen, an der das Haus meiner Großeltern stand. In letzterem wohnten auch meine Eltern, meine Geschwister und ich. Damals gab es in dieser Nebenstraße nur zwei ständig bewohnte Häuser, die jeweils einem meiner Großonkel gehörten. Weiter hinten lag – versteckt zwischen Bäumen – ein Wochenendhaus einer Großstadtfamilie.

Gleich hinter der auf der linken Seite gelegenen Scheune ging die Straße in einen Feldweg über. Zur Linken lagen Felder, zur Rechten verwilderte, teils sumpfige Wiesen, die jeweils bis an den nahegelegenen Wald heranreichten. Allein der hätte der grau-schwarz-getigerten Jägerin genügend Möglichkeiten geboten, sich den Bauch zu füllen. Zusätzlich fanden sich auf den abwechselnd mit Getreide oder Kartoffeln bestellten Äckern und den nur zur Heuernte genutzten Wiesen garantiert Beutetiere im Überfluss.

Auch Scheune, Kuh- und Schweinestall gehörten zum Revier von *Minka*. Außerdem wurde die eine oder andere Maus vom Hühnerfutter angelockt. Eine Schüssel mit Körnern stand den zwischen den Gebäuden freilaufenden Hühnern stets zur Verfügung.

Rechnete man all diese Dinge zusammen, lebte *Minka* im Schlaraffenland, zumal sie jeweils morgens und abends ein Schälchen kuhwarme Milch im Stall vorgesetzt bekam. Was also veranlasste die Katze, sich ein zweites Zuhause zu suchen? Wir erhielten nie eine Antwort auf diese Frage. Fakt war: *Minka* verbrachte einige Stunden des Tages bei uns.

11

Obwohl *Minka* es in ihrem bisherigen Leben nicht gewohnt war sich im Haus aufzuhalten, genoss sie es, in der Küche meiner Oma auf einem der Vollholzsessel zu liegen. Dort verschlief sie manche Stunde des Tages. Selbst ein rohes Fleischstück, das in einem Teller auf dem Tisch stand, verlockte sie nicht, sich daran gütlich zu tun. Als wüsste sie: Wenn ich es anrühre, fliege ich raus und werde zukünftig aus der Küche verbannt.

Apropos fliegen: An einem Nachmittag im Herbst bekamen wir eine Lieferung Briketts. Sie wurde in dem Hof vor unserem Haus abgekippt und musste von dort mit Eimern in den Keller getragen werden. Dazu standen natürlich die beiden Haustüren, zwischen denen sich der Windfang befand, sowie die Kellertür offen. Dass auch die Küchentür und die Schiebetür zum hinter der Küche liegenden „kleinen Wohnzimmer" nicht geschlossen waren, kümmerte zunächst niemanden. Opa, Oma, Mama und wir Kinder waren mit dem Hereintragen der Briketts, beziehungsweise dem Aufstapeln derselben im Keller beschäftigt.

Erst ein lautes Gezeter aus dem Schnabel des orangen Kanarienvogels *Seppi* sorgte dafür, dass meine Mutter nachschauen ging. Ein graugetigerter Schatten huschte an ihr vorbei nach draußen. Im „kleinen Wohnzimmer" fand sie den Käfig, der normalerweise auf einem Schränkchen stand, auf dem Boden liegend vor. Der *Seppi* hüpfte, sichtlich ängstlich, laut piepend darin herum. Selbst als sie den Käfig wieder zurück an seinen Platz gestellt hatte, dauerte es noch lange, bis sich der Vogel beruhigt hatte.

Eines Tages befand sich der Käfig mit meinem Kanarienvogel auf dem Tisch. Normalerweise stand er – in dem Jahr, als sich dieses Ereignis das erste Mal zutrug – auf dem Küchenschrank. Doch an jenem Samstagmorgen sollte der Käfig gereinigt werden. Diese Arbeit erledigte ich meist zusammen mit meinem Opa.

Warum niemand daran dachte, dass *Minka* auf „ihrem" am Tisch stehenden Vollholzsessel zusammengerollt schlief, weiß ich nicht mehr. Jedenfalls befand sie sich für kurze Zeit allein mit dem orangefarbenen Piepmatz *Seppi* im Raum. Doch auch ihm krümmte

12

sie keine Feder. Als sei es das Natürlichste auf der Welt, beachtete sie den Vogel, der für sie so leicht zu erlegen gewesen wäre, überhaupt nicht. Vielleicht wusste sie, dass dieses Tier für sie tabu und keine Beute war. Andererseits hatte sie ja bereits die Erfahrung gemacht, dass der Vogel sich mitsamt seinem Käfig auf sie stürzen würde, sollte sie ihn nochmals fangen wollen. Dennoch atmeten Opa und ich einmal tief durch, als wir der Katze gewahr wurden.

Minka musste in einem früheren Leben einmal Musiker oder gar Komponist gewesen sein. Das jedenfalls vermuteten wir Kinder. Sobald sie in der Küche meiner Oma auf ihrem Sessel lag und im Radio ein Lied gespielt wurde, bewegte sich ihre schwarze Schwanzspitze im Takt. Dabei schien es ihr völlig gleichgültig zu sein, ob der Sender Pop, Schlager oder Klassik im Programm hatte. Ob es sich um ein Gesangs- oder ein Instrumentalstück handelte, spielte eine Rolle. Treffsicher bewegte die vor sich hindösende Katze einzig das dunkle Ende ihres für die Balance wichtigen Körperteils.

Aber *Minka* war noch weit mehr. Sie war auch eine gute Mutter.

Es war im Sommer 1987. Wir hatten im Hof einen Geräteschuppen gemauert. Er stand links vom Haus auf der Grenze zu den beiden Nachbargrundstücken. Zwar hatte er zu diesem Zeitpunkt weder ein Dach noch Fenster oder Tür, dennoch beschlossen wir Richtfest zu feiern.
Minka war zu dieser Zeit hochtragend, weshalb es sie oft zu uns zog. Daher stellten wir eine mit einer alten Decke gepolsterte Kiste in unsere Nähe. So konnte die Kätzin es sich gemütlich machen. Dass sie das Behältnis allerdings dafür nutzen würde ihre Kitten[1] eines nach dem anderen vor unseren Augen zu werfen, überraschte uns dennoch. Für eine Bauernhofkatze war das total unüblich und stellte damit einen ungewöhnlichen Vertrauensbeweis dar.
Dieser Wurf bestand aus fünf Katerchen. Vier hatten das gleiche grau-schwarz-getigerte Fell wie *Minka* selbst. Das fünfte hingegen

---

[1] Kitten = Katzenwelpen

13

war schwarz-weiß.

Nach unserer Feier brachten wir die Kitten an einen Platz auf der anderen Seite des Hauses, an dem sie vor Wind und Wetter geschützt waren und auch mehr Ruhe hatten. Scheinbar verstand *Minka*, warum wir diesen Umzug ihrer Jungen getätigt hatten. Sie blieb mit ihnen dort, bis sie alt genug waren, um selbst hinausklettern zu können.

Inzwischen war der Schuppen fertiggestellt. Auf der nicht bebauten Grenze vom Geräteschuppen bis zur Straße trennte ein 20 cm hohes Mäuerchen mit einem darauf sitzenden ummantelten Maschendrahtzaun unser Grundstück von dem der Nachbarin. Auf Letzterem wuchs zu dieser Zeit eine mehr als einen halben Meter breite und mehr als zwei Meter hohe Thujahecke. Durch ihre Breite ragten ihre Blätter oft bis in die Maschen unseres Zauns hinein. Nur nach dem jährlichen Schnitt im August, blieb ein schmaler Pfad.

Seitlich an unserem Haus befand sich ein Vorbau, der damals noch mit einer Aluminiumhaustür versehen war. Eine zweite aus Holz trennte den Raum vom eigentlichen Flur ab.

Neben dem als Windfang dienen Vorbau hatten wir mittlerweile ein Metalltor angebracht, welches den Durchgang zum Hof schloss. In dem dahinterliegenden Gelände, zwischen Vorbau und Hauswand auf der rechten und Zaun auf der linken Seite, sowie dem Geräteschuppen als unterer Abschluss, befand sich der Auslauf unseres Hundes.

Robby war ein schwarzer Riesenschnauzermischling, dessen Hütte im Innern des Gebäudes stand. Ihm gefiel es, wenn die Kitten vor dem Türchen spielten. Seinen Lautäußerungen nach zu urteilen hätte er am liebsten mitgemacht. Doch das erschien uns zu gefährlich, da der Rüde seine Kraft nicht einschätzen konnte. Sein Übermut hätte die Kätzchen leicht das Leben kosten können. Dennoch hatte es etwas Gutes, dass die Kitten keine Angst vor ihm hatten – zumindest für den schwarz-weißen Kater. Er fand ein gutes Zuhause bei einer Frau, die selbst einen Zwergpudel hatte. Dieser hatte vorher bereits mit einer Katze zusammengelebt. Somit stand einer Freundschaft zwischen dem Pudel und dem Katerchen nichts im Weg. Seine

14

Geschwister wanderten, als sie entwöhnt waren von allein auf Nimmerwiedersehen davon, wie das bei Katern nun einmal üblich ist.

Eines Tages brachte *Minka* eines ihrer toten Kitten, kurz, nachdem sie sie oben auf dem Heustall des Hofes geworfen hatte, zu uns. Sie schleppte es, von uns unbemerkt, in den mit Heu ausgepolsterten, geschützten Bereich, in dem sie des Öfteren bereits ihre Kitten aufgezogen hatte.

Laut miauend strich sie um uns herum, woraufhin meine Mutter zu ihr sagte: „Geh zu deinen Kindern!" Daraufhin führte *Minka* meine Mutter zu ihrem toten Kätzchen. Nun verstand meine Mutter, warum die Kätzin jammerte.

Um keine Raubtiere und Fliegen anzuziehen, holte meine Mutter das tote Kitten heraus und legte es in einen Eimer. Mit diesem betrat sie den Auslauf von *Robby*, der dort frei herumlief und zum Schuppen führte.

Dass er Katzen mochte, ohne sie jagen zu müssen, hatte er uns bereits anhand der Kitten bewiesen. Leider traute *Minka* ihm aber nicht über den Weg. Sie hielt stets genügend Abstand zu dem massiven Eisentürchen, das seinen Bereich abtrennte, und fauchte ihn sicherheitshalber immer wieder an.

„Sieh mal, *Robby*!", sagte meine Mutter zu dem Hund und zeigte ihm den Inhalt des Eimers. „Die *Minka* ist ganz traurig, weil ihre Kinder tot sind."

Daraufhin setzte *Robby* sich vor sie hin, hob eine Pfote und fiepte, als wolle er sagen: Das war ich nicht.

Die folgenden Würfe trug *Minka* in den Zufluchtsort, an dem sie einmal das tote Kitten abgelegt hatte. Dort zog sie sie auch auf. Seltsamerweise hatte sie nichts dagegen, dass ihre freche Rasselbande genau vor dem Türchen von *Robbys* Bereich spielte, obgleich sie und er nie Freunde wurden.

Katzen werfen mindestens zweimal im Jahr – einmal im Frühjahr,

15

entweder im April oder Mai und ein weiteres Mal im Sommer, entweder im August oder September. Den Herbstkätzchen sagt man nach, dass ihre Chancen, den Winter zu überstehen nicht so hoch sind, wie die derjenigen, welche im Sommer aufwachsen. Dies mag wohl auch der Grund dafür gewesen sein, weshalb von einem der Herbstwürfe nur ein Kitten überlebte. Das Katerchen war, wie alle Kätzchen, die *Minka* zur Welt brachte, bereits bei der Geburt recht groß. Durch die konkurrenzlose Milchzufuhr gedieh es prächtig, ohne allerdings, wie wir befürchtet hatten, fett zu werden. *Sunny*, wie wir ihn tauften, trug die gleiche Fellzeichnung wie seine Mutter, hatte aber weiße Pfoten.

Minkas letztes Kitten, von dem ich nicht einmal das Geschlecht kannte, war ein Einzelkind. Es hatte die Fellfärbung seiner Mutter, war aber, im Gegensatz zu seinem Halbbruder *Sunny*, ein Fresssack. Anders konnte ich mir seinen dicken Leib nicht erklären. Dass er überhaupt laufen konnte, grenzte bereits an ein Wunder. Viel hingegen bewegte er sich nicht. Er hockte nur in der Thujahecke der Grenze zum Nachbargrundstück und fauchte jeden an, der ihm zu nahe kam. Lange indessen hielt er sich dort nicht auf. Ob ihn ein Raubtier gefressen oder ein Kater getötet hatte, bleibt wohl für immer ein Geheimnis.

Auch *Minka* muss wohl in diesem Jahr ihr Leben verloren haben. Zuletzt sah ich sie, ehe sie im Herbst hochtragend verschwand. Ob sie von dem schießwütigen Nachbarn erschossen worden war oder von dem Rottweiler eines anderen totgebissen wurde, erfuhr ich nie. Ich vermute, dass eher Letzteres der Fall war. Mehrere Familienmitglieder hatten mitbekommen, wie diese Nachbarn den Rottweiler mit den Worten: „Fang Kätzchen!" auf jede Katze, die ihr Grundstück betrat, hetzten. Einige Jahre später hatten sie selbst eine Katze und sich somit mit dem „Fang-Kätzchen-Hund" ein großes Problem geschaffen. Ständig mussten sie auf der Hut sein, dass er seiner Leidenschaft nicht nachgehen konnte, wenn ihre Katze im Hof unterwegs war. So schnell kann sich die Situation ins Gegenteil verkehren!

2. Kapitel: Tapps

Tapps

Gebor'n als ein winz'ges Kätzelein,
nicht größer als eine Spitzmaus,
von einer Kätzin, die selbst klein,
sah Tapps' Zukunft nicht rosig aus.

Keine Milch kam aus der Mutter Zitzen,
wodurch Tapps' Geschwister verstorben.
Sie musst' einen starken Willen besitzen,
wollte leben und sehen das Morgen.

Ein Glück, dass ich sie rechtzeitig fand,
und mit zu mir nach Hause nahm.
Ich barg das Kitten in meiner Hand.
Hier war's geschützt und kuschlig warm.

Ich legte dann die kleine Tapps
an die Zitze meiner Katz'.
„Gleich frisst sie Minka mit einem Happs!"
Überall der gleiche Satz.

Doch Minka nahm zu ihrem Kind,
das dreimal größer war und älter,
das Mäuschen-Kitten an geschwind,
damit ihm nicht noch wurde kälter.

So wuchs das Sorgenkind heran,
stand bald auf eignen Pfoten.
Es kam recht bald der Winter dann,
wo Schnee und Kälte drohten.

Doch beide war'n nicht schuld daran,
was Tapps noch sollt' passieren.
Es griff sie was ganz And'res an.
Sie würde nicht erfrieren.

Als ich sie eines Morgens sah,
da lief sie glatt im Kreis,
erbrach ihr Fressen ganz und gar.
Ihr Köpfchen war heiß.

Hinzu kam Durchfall nicht zu knapp,
der lief nur aus ihr raus.
Sie fiel bald um, weil sie so schlapp
und musst' ins Tierarzt-Haus.

Er sagte mir: „Kommen Sie rein.
Hier hat sich was zusammengebraut.
Nur eines kann die Ursache sein:
Das ist eine Entzündung der Hirnhaut."

An Heilung war nicht mehr zu denken.
Und für Behandlung war's zu spät.
Es ließ sich gar nichts mehr einrenken.
Der Arzt zur Einschlafspritze rät.

Ich ließ sie gehn, die süße Kleine,
damit sie sich nicht weiter quält'.
Wenn ich auch heut' noch um sie weine,
so hab' ich für sie recht gewählt.

Wie *Sunny* eine Schwester bekam

Als *Minkas* Sohn *Sunny* gut zwei Wochen alt war, bekam er unfreiwillig ein Schwesterchen. Nein, es handelte sich dabei keineswegs um ein leibliches Geschwisterchen – eine solche Wunderkatze war *Minka* nun doch nicht. Die kleine Katze, die *Tapps* heißen sollte, war eher eine Art Adoptivschwester.

Tapps' Mutter war ein zierliches, kleines Kätzchen, nicht größer als die etwa ein halbes Jahr alten Kitten von *Minka*. Sie lebte auf dem gleichen Bauernhof, von dem auch *Minka* stammte. Woher sie kam, wusste keiner. Da der Nebenerwerbsbetrieb meines Großonkels genügend Nahrung für eine weitere Katze bot, hatte sie sich wohl dort eingenistet.

Kaum ein Jahr alt, kam sie mit ihrem ersten Wurf im Kuhstall nieder. Leider hatte sie keine Milch, weshalb eines ihrer beiden nur mausgroßen Kitten verstarb. Das zweite wurde von meiner Mutter gerettet. Sie kam auf die gewagte Idee, es *Minka* unterzuschieben.

Jeder aus unserer Familie redete dagegen, denn es bestand die Gefahr, dass *Minka* das winzige Kätzchen für eine Maus halten und auffressen würde. Doch selbst wenn sie es als ihresgleichen erkennen würde, blieb immer noch der fremde Geruch. Nie und nimmer, so die einhellige Meinung der gesamten Familie, würde *Minka* das fremde Kitten annehmen!

Als meine Mutter die „Zusammenführung" in Angriff nahm, folgte ich ihr, bereit, die gefährdete *Tapps* zu retten. Doch mein Einsatz wurde nicht gefordert.

Meine Mutter hielt *Minka* das Katzen-Mäuschen auf der offenen Hand hin, damit sie es beschnuppern konnte. Sie säugte gerade ihren einzigen Sohn *Sunny*. „Schau einmal, was ich dir mitgebracht habe", sagte meine Mutter in ruhigem Ton.

Minka schnüffelte nur kurz an dem quietschenden Etwas, ehe sie mit der Zunge über den kleinen Katzenkörper fuhr. Damit stand für Katzen- und Menschenmutter fest: *Tapps* ist akzeptiert und wird nun als gleichwertiges Kind von *Minka* aufgezogen. Daher legte meine Mutter das noch blinde Kitten neben den saugenden *Sunny*. Sogleich schien der Winzling die Milchquelle zu spüren, suchte sich eine Zitze und soff gierig die dringend benötigte Nahrung.

Die Risikobereitschaft meiner Mutter hatte sich gelohnt. Nicht zuletzt trug natürlich auch *Minka*s Mutterinstinkt dazu bei, dass das Kätzchen überhaupt überlebte.

Die hellgrau getigerte *Tapps* wuchs gemeinsam mit ihrem gut doppelt so großen „Bruder" auf. Als sie entwöhnt war, blieb sie, genau wie *Sunny* bei uns. Dass sie nur die Größe ihrer leiblichen Mutter erreichen würde, stand für uns von vornherein fest.

Leider hatte *Tapps* nicht nur einmal in ihrem Leben Pech: Es war ein kalter Herbstmorgen im November. *Tapps* hatte ihr Quartier im Windfang unseres Hauses aufgeschlagen. Dort verbrachte sie die Nächte.

Was mich jedoch an diesem besagten Morgen im Windfang erwartete, war kein schöner Anblick. Es stank nach den Hinterlassenschaften einer Katze und nach Erbrochenem. Im ganzen Raum verteilt gab es Stellen mit wässrigem Durchfall von *Tapps* und ausgespucktem Futter. Die kleine Kätzin selbst konnte sich kaum auf den Beinen halten. Sie schwankte von einer Seite des Vorraums zur anderen. Dann drehte sie sich im Kreis. Immer wieder fiel sie um. Mir brach es fast das Herz, dieses kleine Wesen so zu sehen und nichts tun zu können.

Ich rief meine Mutter herbei, die mir versprach, mit *Tapps* zum Tierarzt zu fahren, sobald die Praxis geöffnet sei. Dort stellte sich heraus, dass das Kätzchen eine Gehirnhautentzündung hatte und es keine Behandlung gäbe. Um ihr unnötiges Leid zu ersparen, wurde sie sogleich erlöst.

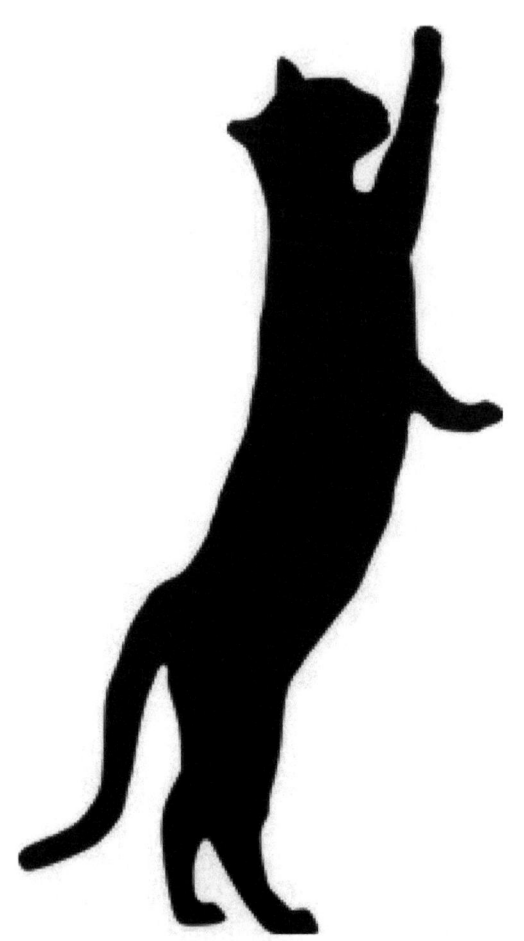

3. Kapitel: Sunny

Sunny

Der Sunny war ein Spezialist,
wie's keinen gab danach.
Mit Raffinesse und viel List
er selbst ins Haus einbrach.

Im Sommer, bei gekippten Fenstern,
stand Torte im kühlen Zimmer.
Doch abgeleckt von den *Gespenstern*,
sah man die Verzierung nimmer.

Die Jungen wurden ausgeschimpft,
weil sie abgeschleckt die Sahne.
Wurde ihnen nicht eingeimpft,
dass man so was niemals plane?

„Wir waren es ganz sicher nicht!",
beteuerten die Buben.
„Du hättest uns bestimmt erwischt.
Wir war'n nicht in der Stuben."

Zunächst dachte die Mutter sich:
„Die lügen alle beide."
Sie wurde langsam ärgerlich.
Es stand auf Messers Schneide.

Plötzlich hörte sie ein Geräusch,
das wohl vom Bett her kam?
Es war ein seltsames Gekeuch,
was sie von dort vernahm.

Sie traute ihren Augen kaum,
als anhob sie die Decke.
Da lag im süßen Katertraum
der Sunny im Verstecke.

Der Sahneklecks auf seiner Nase
war ihr Beweis genug:
Der Schlecker war der Dachhase
und weder Bub' noch Spuk.

Wie er ist in den Raum gekommen,
das wurde später erst geklärt.
Hätt' sie nicht das Geräusch vernommen,
wär' sie bis heute nicht bekehrt.

Des Sunnys Leib, der war sehr schlank.
So schlüpft' er durchs Kippfenster.
Und leider war er schnupfenkrank.
Sein Schnaufen waren die Gespenster.

Ein schlauer Kater

Der freche Kater war, obwohl er sich die Milchbar nur mit seiner Adoptivschwester *Tapps* hatte teilen müssen, rank und schlank. Und das nutzte er weidlich aus.

Immer wieder werden Katzenhalter davor gewarnt, ihre Fenster zu kippen, wenn sich eines der *Pelzchen* im Raum befindet. Die Katze könnte versuchen, hinaus zu gelangen und dabei stecken bleiben. Dabei würde sie sich schlimme Verletzungen zuziehen.

Sunny war ein Kater und kein Mensch. Daher wusste er nichts von dieser Warnung. Doch, selbst wenn sie ihm je zu Ohren gekommen wäre, hielt er es mit den meisten Katzen: Ihr Menschen habt ja keine Ahnung, was unsere Art alles kann! Ein Unmöglich gibt es nicht, wenn wir uns in den Kopf gesetzt haben, dass es funktioniert! Außerdem sollte es zu seiner bevorzugten Art werden, das Haus durch das gekippte Schlafzimmerfenster zu betreten. Wie genau er diese akrobatische Leistung vollbrachte, blieb sein Geheimnis.

Es war ein warmer Karsamstagmorgen, als meine Oma beschloss, die soeben beim Bäcker gekaufte Sahnerolle im kältesten Raum des Hauses, dem Schlafzimmer, auf den Boden zu stellen. Denn der Kühlschrank war bereits mit den Esswaren für die Feiertage gefüllt. Ein Kuchen hätte dort keinen Platz mehr gefunden.

Am Nachmittag wollte sie etwas im Schlafzimmer holen, als ihr Blick zufällig auf den Kuchen fiel. Zunächst erstaunt, dann aber verärgert, betrachtete sie sich die Bescherung. Ein Teil der Verzierungen auf der Sahnerolle war verschwunden.

Wütend hob sie die Glasplatte, auf welcher der Kuchen stand, vom Boden auf und rauschte damit in die Küche. Dort stellte sie das teilweise abgeschleckte Corpus Delicti auf den Küchentisch und rief sowohl ihren Mann als auch ihre Tochter herbei. Beide besahen sich die Bescherung und kamen zu dem gleichen Schluss wie sie: Nur meine Brüder, damals fünf und zehn Jahre alt, konnten die Übeltäter sein.

Sofort wurden sie in die Küche zitiert. Ihnen wurde das eindeutige Beweisstück ihrer Freveltat gezeigt, um sie anschließend

26

auszuschimpfen und mit Hausarrest zu bestrafen. Beide Jungen stritten die Untat ab. Doch alle Beteuerungen, dass sie weder das Schlafzimmer betreten noch die Sahne abgeschleckt hätten, nutzte nichts. Meine Mutter blieb hart.

Bedröppelt schlichen meine Brüder davon.

Nun machte sich meine Mutter daran, Sahne zu schlagen und die Rolle mit dieser erneut zu verzieren. Danach stellte sie das gute Stück sicherheitshalber nach einigen Umräumarbeiten doch noch in den Kühlschrank.

Einige Stunden später betrat sie zusammen mit meiner Oma das Schlafzimmer, da letztere sie bat, ihr bei der Auswahl eines Kleides für den bevorstehenden Kirchgang zu helfen.

Als beide Frauen den Raum betraten, hörten sie ein seltsames Geräusch, das vom Bett zu kommen schien. Sogleich bemerkten sie, dass sich die Tagesdecke in stetig gleichem Rhythmus hob und senkte. Vorsichtig hob meine Mutter das Stoffstück an. Was beide dort entdeckten, war der selig schlummernde und zusammengerollt daliegende *Sunny*. Verschlafen und sichtlich in seiner wohlverdienten Ruhe gestört, blickte er sie an, als sie laut loslachten. Da er noch einen Sahneklecks auf der Nase hatte, erbrachte er selbst den Beweis, das Schleckermaul gewesen zu sein. Hätte er nicht unter einem Schnupfen gelitten und dadurch so lautstark geatmet, wäre er wohl nie entdeckt worden.

Außer seiner Geschicklichkeit durch ein Kippfenster zu klettern, ohne stecken zu bleiben, hatte *Sunny* noch eine Eigenart, die uns zum Lachen brachte. Der Kater aß stets mit der Gabel. Nein, natürlich nicht mit einer für Menschen gemachten, sondern mit der, welcher jeder Katze eigen ist. Für *Sunny* war es selbstverständlich, dass er sich nicht wie jede x-beliebige Hauskatze mit dem Kopf über seinen Futternapf beugte und mit der rauen Zunge sein Fressen schleckte oder fraß. Stattdessen saß er aufrecht und hangelte mit einer Vorderpfote, ein bis zwei Krallen ausgefahren, die Bröckchen aus der Schale. Dabei spießte er sie so geschickt auf, dass selten eines herunterrutschte, ehe er es in seinem Maul landete. Immer wieder

27

staunte die ganze Familie, mit welcher Präzision er dies bewältigte.

Eine besondere Freundschaft verband *Sunny* mit unserem schwarzen Riesenschnauzer-Mischling *Robby*. Dies stellte ich eines Tages mit Erstaunen fest.

Als ich an einem nebligen und kalten Wintermorgen aus dem Haus trat, warf ich einen Blick in den Hof, um zu sehen, ob der Hund bereits aufgestanden war. Da bot sich mir ein seltsames Bild. Aus der Hundehütte trottete ganz verschlafen *Robby* heraus. Er absolvierte seine Dehnübungen, indem er zunächst beide Vorderbeine weit von sich streckte und gleichzeitig mit den Hinterbeinen einknickte. Dann reckte er die Hinterbeine eines nach dem anderen nach hinten. Zuletzt wurde seine Rute gestreckt, ehe sie zunächst gerade aufgerichtet und dann mit der Schwanzspitze nach vorn, oberhalb seines Rückens eine Kurve beschrieb.

Dies alles wäre nicht der Erwähnung wert, wenn hinter ihm nicht ein kleiner, im Nebel fast identisch aussehender Körper gefolgt wäre. Auch dieses Tierchen dehnte seinen Leib ausgiebig, ehe es *Robby* bis zum Hoftürchen folgte.

Ich glaubte meinen Augen nicht zu trauen, war ich mir doch sicher, dass der Hund ein Rüde war. Wie also konnte er zu einem Welpen kommen? Derart geschockt wartete ich, bis beide Tiere auf mich zu kamen. *Robby* wedelte erfreut mit seiner Rute, während sein „Junges" geschickt am Drahtgeflecht des Hoftores hinaufkletterte und sich somit als Katze zu erkennen gab. Erleichtert atmete ich auf, zumal ich in dem *Pelzchen* den Kater *Sunny* erkannte, der mich maunzend und um die Beine streichend, begrüßte. Seit diesem Morgen wunderte ich mich nicht mehr über die seltsame Schlafgemeinschaft.

Robby und *Sunny* teilten nicht nur die Hundehütte miteinander, sondern auch das Fressen, wobei dies eine eher einseitige Angelegenheit war. Der Rüde duldete es, dass sein Katerfreund sich – natürlich mit seinem „Besteck" – einen Fleischbrocken aus dem Futternapf in der Hütte nahm und genüsslich verspeiste. Er gönnte ihm auch einen zweiten, der etwa doppelt so groß war, wie einer für Katzen. Dann jedoch fand er, dass *Sunny* genug hatte, schließlich war dies *Robbys* Schale und das Futter darin eindeutig für einen mittelgroßen Hund gedacht. Mit einem Brummton machte er dies deutlich, woraufhin der Kater von dem Fressen abließ. Meist sah *Sunny* dabei zu, wie sein großer Freund sich den Rest einverleibte.

Es gab noch weitere Beweise für das Einvernehmen von Hund und Katze. Obwohl sie teilweise völlig gegensätzliche Körpersprachen zeigten, schienen sie die Fremdsprachen sehr schnell gelernt zu haben. *Robbys* erfreutes Schwanzwedeln wurde von *Sunny* keinesfalls als Bedrohung angesehen, sondern als die freundliche Geste, als die sie gedacht war. Dafür nahm der Kater es dem Rüden nicht übel, wenn der ihn ganz nach Hundemanier an seinem Hinterteil beschnupperte. Katzen hingegen begrüßen sich mit zugewandten Köpfen.

Seine Zugehörigkeit zu *Robby* verstärkte *Sunny*, indem er seinen Körper an den Vorderbeinen des Hundes rieb. Manchmal lehnte er sich auch seitwärts gegen ihn, während er sich auf die Hinterbeine stellte und seinen Kopf mit den dort befindlichen Drüsen an der Flanke seines großen Freundes rieb. So stellte der Kater sicher, dass sich ihre Körpergerüche vermischten.

Sunny wurde, aufgrund seines sich ständig verschlimmernden Schnupfens nicht einmal ein Jahr alt. Obwohl er recht gut fraß, blieb er immer mager. Schließlich musste der Tierarzt ihn erlösen. *Robby* trauerte um seinen Freund, bis sich ihm ein weiterer junger Kater aus dem Frühjahrswurf von *Minka* anschloss: *Mucki*.

29

4. Kapitel: Mucki und Puck

Mucki und Puck

Zwei Katerbrüder waren sie,
der Mucki und der Puck.
Wer sie gekannt, der glaubte nie,
dass sie aus einem *Druck*.

Mucki war ein heller Tiger.
Das Fell vom Puck war nebelgrau.
Der Mucki galt als Klettersieger.
Der Puck macht' liebend gern blau.

Der Mucki schlief gern in der Hütte
bei Robby, seinem Hunde-Freund.
So manchen Morgen kam der Lütte
raus aus dem Zwinger, der umzäunt.

Er fraß auch aus der Hundeschale,
eh' Robby einen Bissen nahm.
Der Kater war niemals Rivale,
weil Robby noch genug bekam.

Erst als der Mucki war verschwunden
und auch nachhaus nicht wiederkehrte,
sich Puck beim Hund hat eingefunden
und dort des Muckis Platz begehrte.

Dass der Puck nicht konnt' erklimmen,
wie man's von 'ner Katz' gewöhnt,
konnte ihn nicht leicht verstimmen,
wenn er auch vom Mensch verhöhnt.

Tapfer zog er mit den Pfoten
sich am Tor recht langsam rauf.
Schieben helfen war verboten,
Schafft's allein mit viel Geschnauf.

Leider lag der junge Kater
eines morgens tot im Beet.
Nachbar braucht' 'nen Psychiater,
wenn er auf Vergiften steht.

Unterschiedliche Zwillinge

Unterschiedlicher konnten zwei Kater aus dem gleichen Wurf wohl nicht sein, wie *Mucki* und *Puck*. Schon vom Aussehen her hätte man nicht unbedingt auf Geschwister getippt. Natürlich können in einem Katzenwurf völlig verschiedenfarbige Kitten vorkommen, da die Katze sich mit mehreren Katern paaren konnte. Doch bei der Wahl ihres damaligen Liebhabers musste sich *Minka* wohl ein sehr ansehnliches Exemplar von einem Kater ausgesucht haben. Andererseits konnte es auch sein, dass er völlig anders aussah als seine Welpen.

Auf jeden Fall waren die beiden Katerchen allein von ihrer Fellfarbe schon Ausnahmen. *Mucki* wies zwar das Tigermuster seiner Mutter auf, nicht aber die gleiche Färbung. Es schien fast, als sei er mit dem falschen Programm gewaschen worden, so dass sein Fell ausgebleicht wurde. Seine Zeichnung spielte mit verschiedenen Grautönen.

Puck hingegen musste den dicken Herbstnebel als Vater gehabt haben. Sein Pelz war durchgehend vom Kopf bis zur Schwanzspitze in hellem Grau gefärbt.

Aber es gab noch weit mehr, was die Brüder unterschied.

Während *Mucki* ein guter Angler war, interessierte sich *Puck* kein bisschen für Fisch. Obgleich er Mäuse fraß, bin ich mir nicht einmal sicher, ob der Nebelfarbene jemals selbst eine Maus gefangen hat.

Mucki hingegen bewies uns des Öfteren, dass er bereits in seinem ersten Lebensjahr ein guter Mauser und ein noch viel besserer Angler war. Oft brachte er Mäuse mit nach Hause, um sie genüsslich auf der Fußmatte vor der Haustür zu verspeisen. Manchmal zeugte auch nur eine Mausegalle davon, dass er mal wieder Jagderfolg zu verzeichnen hatte. Doch sein liebster Sport war das Goldfischangeln in den Gartenteichen in der Nachbarschaft. Wie weit er dabei lief und ob er in allen drei mir bekannten Zierbecken räuberte, weiß ich nicht, von zumindest zweien sind mir seine Raubzüge bekannt.

Da er seine Beute nicht fraß, sondern sie stets auf die Fußmatte vor der inneren Haustür ablegte – wobei er mit den roten oder

34

orangefarbenen Fischschuppen die ganze Matte einsaute – gingen wir alle davon aus, dass er selbst keinen Fisch mochte. Dennoch sorgte er gut für uns. Einer dieser Raubzüge wird ihm wohl zum Verhängnis geworden sein, denn eines Tages verschwand er auf unerklärliche Weise. Wahrscheinlich fiel er einer Kugel aus dem Gewehr eines Teichbesitzers zum Opfer, doch beweisen ließ sich das nicht.

Bei *Puck* bestand diese Gefahr nicht. Er war eher die Variante „ich bin wohl im falschen Körper geboren", jedenfalls was das Jagen und Klettern anging. Bisher war jede Jungkatze das Hoftürchen mit Leichtigkeit auf der einen Seite hinaufgeklettert und entweder auf der anderen hinunter oder von oben herabgesprungen. Nicht so der Nebelfarbige. Wenn er es in Angriff nahm, seinen recht schlanken Leib an dem Drahtgeflecht hinaufzuziehen, dauerte es fast dreimal so lange wie bei jeder anderen Katze, bis er oben ankam. Oft war ich versucht ihn von unten zu schieben, damit er es schneller schaffte. Da er dieses Manöver erst begann, als sein Bruder bereits nicht mehr zurückkehrte, musste er diese „Besteigung" nicht allzu oft hinter sich bringen. Leider wurde auch er kein Jahr alt. Wir fanden ihn eines Morgens tot im Rosenbeet – wahrscheinlich vergiftet.

Beide Brüder hatten sich in ihrem kurzen Leben auf ihre Art mit *Robby* arrangiert. *Mucki* pflegte ein genauso inniges Verhältnis zu ihm, wie einst *Sunny*, obgleich er, was das Hundefutter betraf, wesentlich frecher war. Bei ihm genügte es nicht, dass der Hund ihn anbrummte, um ihm mitzuteilen, dass er genug von seiner Mahlzeit gekostet hatte. *Robby* muste ihn durch ein kurzes „Wuff" in die Schranken weisen.

Puck hingegen gab sich mit den erlaubten zwei Brocken zufrieden. Allerdings mochte er es gar nicht, wenn der Hund ihm in seiner aufdringlichen Art seine Zuneigung zeigte. Zwar fauchte er nicht, floh aber in der ihm eigenen „schnellen" Weise über das Hoftor. Manchmal konnte man meinen, dass er es nicht rechtzeitig schaffen würde, ehe *Robby* ihn herunterpflücken würde. Doch kein einziges Mal erlaubte sich der Rüde eine solche Freiheit.

Eine Gemeinsamkeit allerdings hatten die Brüder, wenn sie diese

35

auch nur ausübten, als sie noch sehr jung waren. Sie liebten es, meiner Mutter bei ihrem Einkaufsrundgang durchs Dorf zu folgen. Dass dieser für sie abenteuerliche Ausflug meine Mutter einiges an Nerven kostete, schien sie gar nicht zu beeindrucken – wie Katzen und besonders deren „Kinder" nun mal so sind.

Dass *Mucki* und *Puck* meiner Mutter nachliefen, bemerkte sie er, als sie schon eine längere Strecke zurückgelegt hatte. Selbstverständlich nahm sie an, dass die Kitten bald müde wurden und zurückbleiben würden. Leider war das nicht der Fall.

Hatte das Verfolgen auf der eher ruhigen Nebenstraße noch etwas Lustiges an sich, stellte es auf der mitten durch unser Dorf führenden Kreisstraße eine große Gefahr für die Brüder dar. Wären sie dicht bei meiner Mutter geblieben und auf dem Bürgersteig auf ihrer Seite mitgelaufen, hätte sie sich um das Wohlergehen keine Sorgen machen müssen. Aber die Kitten bevorzugten die gegenüberliegende Straßenseite. Zwar blieben sie dort auch auf dem Gehweg, hielten aber öfters an, um zu schnüffeln oder etwas in ihren Augen Interessantes zu betrachten. So manches Mal verschwanden sie hinter Büschen oder quetschten sich unter Zäunen hindurch.

Das Spiel wiederholte sich so lange, bis meine Mutter in das Gebäude der Volksbank ging. Als sie wieder herauskam, rief sie nach den beiden Abenteurern, die plötzlich von irgendwo auftauchten.

Als wäre das noch nicht genug Aufregung, stand für die Kätzchen noch die Überquerung der Fahrbahn an, als meine Mutter von der Kreisstraße in eine auf ihrer Seite abzweigende Nebenstraße abbog. Zunächst begriffen die Brüder nicht, was meine Mutter vorhatte. Alles Locken schien bei ihnen nicht anzukommen. Doch endlich schienen sie zu verstehen, was sie wollte. Zum Glück war es an diesem Morgen recht ruhig auf den Straßen im Allgemeinen.

Fröhlich hüpften *Mucki* und *Puck* zu meiner Mutter und folgten ihr zunächst auch ein Stück. Dann jedoch fanden sie irgendetwas am Wegesrand sehr interessant und blieben stehen, um es genauer zu untersuchen. Erst als sie ihre Wissbegierde gestillt hatten, reagierten sie auf die ständigen Lockrufe und rannten meiner Mutter hinterher.

36

Natürlich dauerte es nicht lange, bis sie von einem neuen unbekannten Gegenstand angezogen wurden.

Hocherfreut setzten sie das herrliche Spiel nun fort, bis meine Mutter das kombinierte Schreibwaren- und Malerbedarfsgeschäft an der Hauptstraße unseres Dorfes betrat.

Nachdem sie aus der Ladentür trat, rief sie erneut nach den Kitten, die auch diesmal sofort wieder auf der gegenüberliegenden Seite der Straße erschienen. Dort liefen sie mehr oder weniger gleichauf mit, bis meine Mutter erneut in eine Seitenstraße abbiegen wollte. Zum wiederholten Mal musste sie die Brüder über die Straße locken.

Der weitere Nachhauseweg gestaltete sich genauso stressig für meine Mutter und so mit Abenteuern angereichert für *Mucki* und *Puck*, zumal die Kreisstraße ein letztes Mal überquert werden musste. Der restliche Weg auf der Nebenstraße bot noch genügend Versteckmöglichkeiten, um meiner Mutter die letzten Nerven zu rauben. Ständig musste sie befürchten, dass die Brüder mit ihrer Neugierde und dem reichlich vorhandenen Spieltrieb den Anschluss verloren.

Als sie alle drei den Hof betraten, war meine Mutter nicht minder erschöpft als die Kitten; nur, dass die Kätzchen sich nun ein ausgiebiges Nickerchen gönnen konnten. Für meine Mutter kam das nicht infrage, da ihre Hausarbeit noch auf sie wartete.

„Zukünftig", schwor sie sich, „werde ich die Racker einsperren, ehe ich nochmals einkaufen gehe und sie durchs halbe Dorf mitschleppe."

37

5. Kapitel: Die Katzen im Stall

Im Herbst 1998 begannen meine Mutter und ich die Katzen im leer stehenden Kuhstall zu füttern. Der ehemalige Bauernhof gehörte einem meiner Großonkel. Wir wollten damit bezwecken, dass die Katzen zahmer wurden und sich an Menschen gewöhnten. Besonders auf eine Kätzin hatten wir es abgesehen: die junge schwarze aus dem Frühjahrswurf. Zum einen wollten wir vermeiden, dass sie im April oder Mai des Folgejahres selbst tragend wurde und zum zweiten sehnten wir uns wieder nach einer eigenen Katze.

Wir gaben allen Katzen Namen. Die beiden ältesten waren: der *Dicke*, ein schwarzer Kater mit weißem Brustlatz und seine völlig schwarze Schwester *Mieze*. Wie alt beide waren, wussten wir nicht, genauso wenig, wo sie hergekommen waren. Wahrscheinlich hatte sie der verlassene, aber noch mit Resten von Heu und Stroh bestückte Heustall in der Scheune angezogen. Dort gab es Mäuse, die sich über die Gras- und Kräutersamen hermachten. Außerdem fand sich hier und da bestimmt noch das ein oder andere Getreidekorn im Stroh. Auch die umliegenden Wiesen boten ein großzügiges Revier für mehr als zwei Katzen.

Das hatte sich *Mieze* wohl auch gedacht und sich früh im Jahr mit mindestens einem Kater gepaart. Vielleicht war einer ihrer Liebhaber sogar der eigene Bruder gewesen. Auf jeden Fall brachte sie im April drei Kitten auf dem Heustall zur Welt. Später trug sie sie über die Leiter nach unten, sodass sie Stall und Hof unsicher machen konnten.

Bei den Kitten handelte es sich um eine schwarze Kätzin mit drei weißen langen Haaren auf der Brust, die wir *Kleckschen* nannten. Ihre beiden Brüder unterschieden sich voneinander so stark, dass hier wohl augenscheinlich zwei verschiedene Kater als Väter in Betracht kamen. *Mohrchen* sah dem *Dicken* sehr ähnlich, wobei er als Jugendlicher weder den runden Kopf noch die gedungene Figur aufwies. *Tiger* war, wie sein Name bereits verriet, ein grau-schwarz-getigerter Jüngling.

Obwohl alle Katzen zu Beginn unserer Fütterung recht scheu waren, blieb *Tiger* der zurückhaltendste von allen. Aus seinem

39

Verhalten war damals bereits zu schließen, dass er sich nie dem Menschen anschließen würde.

Sein Bruder *Mohrchen* war das genaue Gegenteil. Bereits nach kurzer Zeit war er der erste an einem der beiden Futternäpfe. Er schlug sich bereits den Bauch voll, sobald wir nur einige Schritte zurückgetreten waren. Ihm folgten seine Mutter, sein Onkel und seine Schwester nur zögerlich, stets bereit, bei einer Bewegung von uns die Flucht zu ergreifen. *Tiger* war immer der letzte, der sich an den von uns am weitesten entfernt stehenden Napf zum Fressen heranwagte. Im wahrsten Sinne blieb er immer auf dem Sprung. Seine Aufmerksamkeit galt niemals völlig dem Dosen- oder dem Trockenfutter im Napf. Das zeigte uns seine gespannte Körperhaltung Dennoch fand er sich, nachdem wir stets morgens und am späten Nachmittag zur gleichen Zeit zum Füttern kamen, genauso pünktlich ein, wie der Rest seiner Familie.

Mit der Zeit gewöhnten sich die Katzen an uns, wenngleich sie weiterhin vorsichtig blieben. Einzig *Mohrchen* ließ nach und nach alle Scheu fallen und setzte sich bereits seit Anfang Dezember nahe bei den Näpfen hin, während wir sie füllten.

Langsam hielten wir die Zeit für gekommen, den Katzen die Angst vor einer Transportbox zu nehmen. Mit offener Tür stellten wir sie dorthin, wo sich die ehemaligen Liegeflächen der Kühe befanden. Die Pelztierchen sollten die Möglichkeit erhalten, die Box ausgiebig zu beschnüffeln und vielleicht auch einmal hineinzuschlüpfen.

Am Tag nach Weihnachten ergab es sich, dass meine Mutter und ich uns nach dem Verteilen des Futters noch im Stall aufhielten, als *Kleckschen* die Transportbox betrat. Geistesgegenwärtig sprang ich herbei und schloss die Gittertür. Sogleich tobte die gefangene Katze derart darin herum, dass die Tür aufsprang. Panisch flüchtete das Tier nicht nur heraus, sondern auch aus dem Kuhstall.

Mein erster Gedanke war, dass dieser Fehlschlag unsere Absicht, *Kleckschen* mitzunehmen, für immer vereitelt hatte.

Noch mit Selbstvorwürfen beschäftigt, dass ich wohl die Verriegelungen nicht richtig geschlossen hatte, bemerkte ich zunächst gar nicht, dass sich *Mohrchen* inzwischen in das Behältnis gewagt hatte. Doch meiner Mutter war das aufgefallen.

„Mach zu! Mach zu!", rief sie, worauf ich mich sogleich bückte, und die Tür schloss. Diesmal sorgte ich allerdings dafür, dass sowohl die obere als auch die untere Verriegelung richtig einrasteten.

„Den haben wir", sagte meine Mutter erleichtert.

Ich verstand zunächst nicht, was ich mit dem tobenden Kater anfangen sollte, war es uns doch eigentlich darum gegangen, die drohende Katzenflut einzudämmen. Zwar ist auch ein Kater nicht ganz unschuldig daran, aber zumindest bringt er keine Kitten zur Welt. Um ihn davon abzuhalten, hätten wir uns auch später noch darum kümmern können. Wichtiger wäre es gewesen, dafür zu sorgen, dass seine Schwester niemals tragend würde.

Trotzdem nahmen wir den, im Gegensatz zu *Kleckschen*, nur mäßig randalierenden Kater mit uns nach Hause. Dort ließen wir ihn im ersten Stock des Hauses, in dem ich mittlerweile wohnte, frei. *Mohrchen* eilte sogleich die Speichertreppe hinauf und ward zunächst nicht mehr gesehen.

Wir hatten sein Katzenklo unterhalb der Speichertreppe aufgestellt. Das gewohnte Nass- und Trockenfutter, sowie ein Schälchen mit Wasser platzierten wir vor dem Kamin. Wir gingen davon aus, dass er sich spätestens in der kommenden Nacht heruntertrauen würde.

Als am folgenden Morgen alle Futternäpfe leer waren und auch das Klo benutzt war, hofften wir, dass der Kater verstanden hatte, wohin er gehörte.

6. Kapitel: Mohrchen

Mohrchens Erziehungsmethoden

Seit *Mohr* trat an der Mutter Stelle,
nahm er Erziehung sehr genau.
Das „Kind" kriegt für 'ne Bagatelle
'nen Pfotenschlag und ein Miau.

„Was ich nicht soll, darfst auch du nicht!
Kitten sieh dich besser vor,
sonst trifft meine Pfote dein Gesicht",
warnt der junge Kater *Mohr*.

„An Möbeln darf die Katz' nicht kratzen!
Gardinen sind kein Kletterseil!
Ich hau dir, *Hörnchen*, auf die Tatzen,
dem *Tippex* auf sein Hinterteil."

Was freut es ihn, wenn beide Kitten
erschöpft in ihrem Körbchen liegen.
Er kann nur innig darum bitten,
dass seine Strenge möge siegen.

Ein unkomplizierter Kater

Mohrchen benötigte nicht lange, um sich meine Wohnung anzusehen und dann auch, da es keine Abschlusstür zwischen den beiden Wohnungen gab, diejenige, welche sich meine Mutter und meine Oma teilten.

Bald traute er sich auch zu mir auf die Couch. Da es mir zu dieser Zeit gesundheitlich nicht gut ging, lag ich viel und freute mich über die Gesellschaft des Katers neben meinen Füßen.

Es dauerte nicht lange, da schmuste er uns um die Beine und ließ sich gerne streicheln. Bis zuletzt mochte er es, wenn ich ihn am Rücken, nahe der Schwanzwurzel kraulte oder über die besonders weichen Stellen bei den Ohren mit dem Finger strich. Dagegen waren Füße, Bauch und Kehle tabu.

Von Anfang an war *Mohrchen* meine Katze. Ich fütterte und streichelte ihn, säuberte sein Klo – von dem es nur eines gab, da er keine großen Ansprüche stellte – dafür lag er entweder neben meinen Beinen oder Füßen auf der Couch.

Nach einer Eingewöhnungszeit von drei Wochen wagte ich es, ihn vor die Tür zu lassen. Meine anfänglichen Bedenken, er könnte wieder zurück zu seiner Familie laufen, zerstreuten sich recht schnell. *Mohrchen* war angekommen und blieb.

Da wir keine zwei Katzenklappen anbringen wollten, mussten wir dem Kater entweder die beiden Haustüren öffnen oder ihn durchs untere Küchenfenster raus- oder reinlassen. Das funktioniere sehr gut. Überhaupt war der schwarze Kater mit dem weißen Lätzchen auf der Brust ein schmusiger und unkomplizierter Vertreter seiner Art. Selbst wenn wir keinerlei Erfahrung mit Katzen gehabt hätten, wäre uns der Umgang mit ihm nicht schwergefallen.

Anfangs war es für ihn eine große Herausforderung, in einem Haus mit vielen unbekannten und teilweise erschreckenden Geräuschen zu leben. Natürlich war auch der Umgang mit uns Menschen für ihn neu, doch zum Glück war er noch jung und lernte schnell. Das einzige Geräusch, an dass er sich nie gewöhnen konnte, war der laufende Staubsauger. Aber auch hier fand er eine Lösung. Entweder verließ er das Haus oder verzog sich auf den Speicher.

Mohrchen ist verschwunden

Im Sommer verbrachte er ganze Nächte draußen, fand sich aber pünktlich am Morgen wieder zuhause ein. Entweder saß er vor der Haustür oder hüpfte auf die Küchenfensterbank, wenn dort der Rollladen hochgezogen wurde. Ich hatte keine Bedenken ihn nachts stromern zu lassen, zumal wir ihn mit ca. zehn Monaten kastrieren ließen, weil er nach „Kater" zu stinken begann. *Mohrchen* würde nicht mehr zur Vermehrung der Katzenpopulation beitragen.

Er genoss es sichtlich die warmen Nächte und auch einige Tagesstunden draußen zu verbringen. Da er wild aufgewachsen war, machte ich mir keine Sorgen, dass ihm etwas passieren könnte. Die meisten Gefahren – davon ging ich aus – kannte er bereits und die restlichen musste er eben einschätzen lernen.

Eines Tages jedoch kam *Mohrchen* nicht von seinen Spaziergängen

46

zurück. Daraufhin suchte ich die gesamte Umgebung ab, fand ihn aber nicht. Auch auf mein Rufen reagierte er nicht.

Ich wusste, dass er sich manchmal auch auf dem Hof herumtrieb, auf dem er geboren worden war. Daher sah ich auch dort nach. Leider ohne Erfolg.

Zu dieser Zeit wollte eine häusliche Pflegekraft, die eine meiner Großtanten täglich aufsuchte, dieser einen Gefallen tun, um die drohende Katzenflut einzudämmen. Sie organisierte vom örtlichen Tierschutzverein eine Katzenfalle, um *Mieze* einzufangen. Die einzige gebärfähige Kätzin auf dem Hof sollte zum Tierarzt gebracht und kastriert werden. (*Kleckschen* lebte zu diesem Zeitpunkt bereits bei uns.)

Leider hatte die Pflegerin weder mit der Neugier von *Mohrchen* gerechnet, noch konnte sie die schwarzen Katzen auseinanderhalten. So staunte ich nicht schlecht, als mir beide nachtfarbenen Pelztierchen über den Weg liefen: der *Dicke* und *Mieze*. Die Falle hingegen war bereits – mit einer schwarzen Katze darin – von einem Mitglied des Tierschutzvereins abgeholt worden. Sogleich rief ich dort an und erfuhr, dass die vermeintliche Kätzin bereits beim Tierarzt angekommen sei. Somit telefonierte ich auf der Stelle mit der genannten Praxis. Dort bestätigte man mir, die Übergabe einer schwarzen Katze vonseiten des Tierschutzvereins. Daraufhin kündigte ich mein Kommen an, da es sich bei dieser „Katze" nur um meinen Kater *Mohrchen* handeln konnte.

Bewaffnet mit meiner extra großen Katzentransportbox und dem Tierausweis fuhr ich auf schnellstem Wege zu der gut neun Kilometer entfernten Tierarztpraxis. Dort musste ich feststellen, dass mein *Mohrchen* bereits in Narkose lag. Nur mein Anruf hatte verhindert, dass er auf dem OP-Tisch gelandet war.

Noch heute frage ich mich, wann der Tierarzt wohl gemerkt hätte, dass er einen bereits kastrierten Kater vor sich gehabt hätte. Auf meine Frage, ob er die Tätowierung im Ohr nicht gesehen hätte, kam nur: „Die war ja nicht lesbar." Trotzdem hätte ihm auffallen müssen, dass dieses Tier jemandem gehörte. Aber warum nachdenken, wenn man Geld verdienen kann! Abgesehen davon hatte er ein zweites

Tattoo im anderen Ohr angebracht, das genauso wenig zu entziffern war.

Mithilfe des Tierausweises konnte ich belegen, dass der Kater, der langsam wieder zu sich kam, mir gehörte. Somit legte ich ihn in die mitgebrachte Box und fuhr schleunigst mit ihm nach Hause. Für *Mohrchen* hoffte ich, dass es ihm eine Lehre war, festzustellen, was passieren konnte, wenn er irgendwo hineinschlüpfte. Und mir wünschte ich, dass ich solche Angst um ihn nie wieder ausstehen musste.

Hätte er zu diesem Zeitpunkt noch sein rotes Halsband mit meiner Telefonnummer getragen, wäre ihm wohl das ganze Prozedere erspart geblieben. Doch da er es immer wieder draußen abstreifte und ich es ständig suchen musste, gab ich es nach kurzer Zeit auf, es ihm erneut anzuziehen.

Eskorte zum Friedhof

Eine Eigenart, die sowohl *Mohrchen* als auch seine Schwester *Kleckschen* an den Tag legten, war die Begleitung auf den Friedhof. Da dessen Zaun schräg gegenüber unserem Grundstück begann, war es nicht weit bis zu einem der drei Zugangstore.

Wenn die Katzen-Geschwister im Sommer abends nach neun Uhr draußen waren, folgten sie meiner Mutter und mir in einigem Abstand bis zu dem schwarzen, zweiflügeligen Tor. Es befand sich zwischen zwei Bruchsteinmauern, von denen eine nach links bis zum zweiten Eingang weiterlief. Die rechte hingegen endete nach wenigen Metern. Daran schloss sich eine ca. ein Meter hohe Buchenhecke an. Davor bildete ein steiler, mit Rasen und Wildblumen bewachsener Hang die weitere Begrenzung. Aufgefangen wurde er oberhalb der Straße von L-Steinen.

Nur selten befand sich noch jemand zu dieser Uhrzeit auf dem Friedhofsgelände, um die Blumen auf den Gräbern zu wässern. Falls dies doch der Fall sein sollte, wussten die Katzen diesen Menschen aus dem Weg zu gehen.

48

Da wir zu diesem Zeitpunkt drei Gräber betreuten, dauerte es etwas, bis wir die Runde gemacht hatten. Schließlich lagen die Grabstätten in drei verschiedenen Bereichen des Friedhofes. Außerdem trennten meine Mutter und ich uns niemals, da ich damals kräftemäßig nicht imstande war, eine mit zehn Litern Wasser gefüllte Gießkanne zu tragen.

Dafür versuchte ich stets, die Katzen im Auge zu behalten, damit sie nicht auf den Gräbern scharrten. Ersteres gelang mir mal mehr, mal weniger gut, da schwarze Katzen nun einmal die Eigenschaft haben, mit dunklen Grabsteinen zu verschmelzen. Dennoch habe ich weder *Kleckschen* noch *Mohrchen* je bei der verbotenen Tätigkeit beobachtet.

Sobald wir mit dem Gießen fertig waren, rief ich nach den beiden, woraufhin sie plötzlich wieder für mich sichtbar wurden und uns mehr oder weniger schnell folgten. Meist mussten sie unbedingt noch über die eine oder andere Grabeinfassung balancieren, an einer Blume schnuppern oder im Zickzack um die Gräber laufen. Dennoch raschelte es spätestens, wenn wir uns auf unserem Heimweg bereits auf der Straße befanden, in der Hecke. Nacheinander kamen sie wieder zum Vorschein und folgten uns oder liefen sogar voraus.

Nicht immer kamen gleich beide mit. Manchmal begleitete uns nur *Kleckschen*, weil *Mohrchen* keine Lust sich zu bewegen oder sich bereits ins Haus zurückgezogen hatte. Ein anderes Mal war *Kleckschen* auf Mäusefang und deshalb unabkömmlich.

Was ist im Hof so interessant?

Mohrchen saß, wie alle Katzen, gerne auf der Fensterbank und blickte von dort hinaus. In meiner Wohnung hatte ich dafür die Topfblumen auf dem Fensterbrett in der Küche und den beiden im Wohnzimmer so weit zusammengeschoben, dass er dort genügend Platz hatte.

Eines Tages schaute er ganz interessiert vom kleineren Fenster des Wohnzimmers in den Hof hinunter. Ich nahm an, dass er *Robby* zusah, wie dieser dort herumlief.

Nach einiger Zeit bemerkte ich jedoch, dass *Mohrchen* wie gebannt hinunterstarrte und dabei recht aufgeregt mit dem Schwanz schlug. Da der Kater und der Rüde sich recht gut verstanden, fand ich das Verhalten recht auffällig. Daher trat ich ans Fenster, um herauszufinden, was *Mohrchen* so spannend fand.

50

Mir verschlug es die Sprache, als mir klar wurde, was ich da erblickte. Es war keineswegs *Robby*, den der Kater fixierte, sondern mehrere Ratten. Die frechen Nager klauten dem Hund das Trockenfutter aus dem Napf vor der Hütte.

Bisher waren wir von den aus dem Kanal kommenden Tieren verschont geblieben, dennoch wusste ich, dass die Gemeinde ein Problem damit hatte. Eine Nachbarin hatte vor kurzem einige Ratten am Tag aus der Kanalisation heraussteigen gesehen, während sie in der Nähe stand. Natürlich hatte sie dies sogleich bei der Verbandsgemeinde gemeldet, die auch Abhilfe versprach. Wie ich selbst sehen konnte, war scheinbar noch nichts dergleichen geschehen.

Hier musste dringend etwas unternommen werden. Verwunderlich fand ich, dass *Robby* sich so einfach bestehlen ließ. Doch das klärte sich auf, als ich den Hof betrat und ein völlig verschlafener Hund aus seiner Hütte herauskroch. Von den Nagern war zwar nichts mehr zu sehen, dennoch konnten sie meiner Ansicht nach nicht sehr weit sein.

Der Rüde schnüffelte auch, kaum dass er richtig wach war, den Boden ab, konnte den Futterdieben allerdings auf ihren schmalen Pfaden nicht folgen. Hätte er sie erwischt, gäbe es einige Ratten weniger. Obwohl diese Nager sehr wehrhafte und flinke Tiere sind, hätten sie gegen *Robby* keine Chance gehabt. Das sollte ich einige Tage später erfahren als er gleich mehrere kurz hintereinander totbiss. Wahrscheinlich hatten sie sich zu sehr darauf verlassen, dass sie in der Überzahl und äußerst schnell waren.

Einzig wenn der Rüde schlief, konnte es den Nagern noch gelingen, sich in den Hof zu schleichen und ihm sogar das Trockenfutter, welches er nur noch in der Hütte bekam, zu stehlen.

Mohrchen war leider kein so großer Held. Er hielt sich von den Ratten lieber fern und beobachtete sie von der sicheren Fensterbank im ersten Stock aus. Seine Schwester *Kleckschen* hingegen kannte mit diesen Eindringlingen kein Pardon. Sie stürzte sich auf die fetten Ratten und biss sie tot. Dieses mutige Verhalten hätte ich der viel kleineren Katze gar nicht zugetraut. Aber vielleicht war gerade ihre geringe Körpergröße und ihre Wendigkeit der entscheidende Vorteil.

Kindererziehung ist Kater-Sache

Als *Kleckschens* Kitten *Tippex* und *Hörnchen* etwa acht Wochen alt waren, fand sie, dass sie sich lange genug mit ihrem ersten Nachwuchs beschäftigt hatte. Gerne übergab sie die weitere Erziehung an ihren Bruder *Mohrchen*.

Der Kater war ein zwar liebevoller, aber auch strenger Lehrer. All die Dinge, die er nicht machen sollte, verbot er auch den „Kindern", wie sie von uns liebevoll genannt wurden. Das bedeutete für ihn allerdings keineswegs, dass er bei sich selbst genauso konsequent war.

Tobten die Kitten zu ungestüm herum, setzte es auch schon mal den einen oder anderen Hieb mit der Pfote – natürlich mit eingezogenen Krallen, schließlich wollte er die Kleinen nicht verletzen. Andererseits förderte er *Hörnchen* und *Tippex* in allem,

52

was eine Katze können und wissen musste. Dass dafür sein Schwanz regelmäßig als Mäuseersatz herhalten musste, nahm er gelassen hin. Damit dies nicht zur Gewohnheit wurde und sein hinterer Anhang nicht allzu schlimm unter den Krallen und spitzen Zähnchen leiden musste, brachte er den „Kindern" von seinen Ausflügen auch lebende Mäuse mit. Auch, wenn niemand von uns Menschen davon begeistert war, mussten wir einsehen, dass *Mohrchen* es sehr ernst mit der Ausbildung „seiner" Lehrlinge nahm.

Überhaupt bildete er die „Kinder" so gut aus, dass sie in ihrem späteren Leben unkomplizierte Katzen wurden – jedenfalls was ihr Verhalten und alles betraf, was Katze so können und wissen muss.

53

Kaninchen sind furchterregend

Eines Tages, als ich meine beiden Hauskaninchen *Randy* und *Zottel* aus ihrem Käfig ließ, damit sie im Büro herumhoppeln konnten, war auch *Mohrchen* im Raum. Ich befürchtete, dass der Kater sich auf die vermeintliche Beute stürzen würde. Daher hielt ich mich bereit, im Notfall einzugreifen, um die Kaninchen zu retten. Doch es sollte ganz anders kommen.

Der schwarze *Randy* mit dem weißen, kettenähnlichen Pelz um den Hals interessierte sich für den ebenfalls schwarzen Kater. Neugierig näherte er sich *Mohrchen*. Daraufhin hoppelte auch der langhaarige, grau-weiße *Zottel* heran.

Mohrchen, der sich die beiden seltsamen Tiere, die nicht viel kleiner als er selbst waren, zunächst noch fasziniert angeschaut hatte, bekam es mit der Angst zu tun. Als beide Kaninchen gemeinsam auf ihn zukamen, drängte er sich in die Ecke der Tür. Sein Gesichtsausdruck verriet die gleiche Panik wie sein Leib.

Damit der arme Kerl nicht etwa gezwungen wurde, auf die vermeintlich gefährlichen Wesen loszugehen, scheuchte ich die Rammler zur Seite und ermöglichte *Mohrchen* die Flucht in Richtung der Tür zur Küche. Als ich sie öffnete, schlüpfte er schnell hinaus. Die Kaninchen hingegen blickten etwas verdutzt hinter dem vermeintlichen Spielgefährten her. In der nächsten Zeit traute *Mohrchen* sich nicht mehr in den Raum.

Wahrscheinlich war dieses Erlebnis für *Mohrchen* so einschneidend gewesen, dass er die beiden Hoppler und die mit ihnen auf der Wiese in einem Auslauf herumlaufenden Meerschweinchen in Ruhe ließ.

Schnürsenkelverstecken

Sobald *Mohrchen* bei uns eingezogen war, musste ich meine Schnürsenkel vor ihm in Sicherheit bringen. Die langen Bänder zogen – wie ich zuerst bei ihm, später bei allen nachfolgenden

Katzen erfahren musste – jedes „Pelzchen" magisch an.

Obwohl die Schnüre unbeweglich an den im Flur stehenden Schuhen herabhingen, verführten sie die Pfoten dazu, sie anzustoßen, die Krallen hineinzuschlagen oder auch an ihnen zu nagen. Mit einer Leidenschaft und Ausdauer, die sowohl *Mohrchen*, wie auch sämtliche Mitglieder seiner Spezies bei keiner anderen Beschäftigung aufbrachten, wurden die Senkel malträtiert.

Da weder vom Katzenspeichel aufgeweichte noch von Zähnen und Krallen zerfaserte Schuhbendel für einen Menschen sehr willkommen sind, gewöhnte ich mir an, die Bänder in die Schuhe zu stecken. Was bei allen anderen Katzen für Abhilfe sorgte, regte *Mohrchen* zu einer neuartigen Beschäftigung an: Schuhe anprobieren.

Dazu steckte er beide Vorderpfoten hintereinander in einen meiner Schuhe. Erwischte ich ihn dabei, bemerkte ich dazu: „Die sind dir doch viel zu groß, *Mohrchen*. Soll ich dir rote Stiefelchen besorgen? Sie würden so gut zu deinem schwarzen Pelz passen. Bestimmt gibt es kleine Hundeschuhe, die auch für deine Pfoten geeignet sind." Während ich dies sagte, stand mir das Bild des „gestiefelten Katers" aus dem gleichnamigen Märchen vor Augen.

Sogleich zog er seine Füße wieder aus meinen Schuhen und ging weg.

Anfangs glaubte ich noch, dass der Kater auf diese Weise mit den Schnürsenkeln zu spielen versuchte. Als ich ihn aber auch beim „Anprobieren" meiner Pantoffel oder der Ballerinas erwischte, ging ich davon aus, dass ihn einfach das dunkle Loch reizte.

Diese Marotte habe ich ihm nie abgewöhnen können. Gegen die Zerstörung meiner Schuhbänder hingegen fand ich ein einfaches Mittel; Ich steckte sie in die Schuhe. Diese Sicherungsmaßnahme gewöhnte ich mir so an, dass ich mich teilweise noch heute dabei erwische.

Die Mäuseplage auf dem Speicher

Ehe die Kaninchen und die Meerschweinchen nach draußen ziehen konnten, mussten sie eine Übergangszeit in ihren Käfigen auf dem Speicher verbringen. Die unbenutzte Hundehütte, welche zukünftig als Außenstall dienen sollte, musste erst nagertauglich umgebaut werden.

Die Käfige standen auf einem ausgezogenen Tisch im Flur des Speichers, den auch die Katzen betreten konnten. Daher wunderten wir uns auch nicht, dass sich sowohl *Mohrchen*, als auch *Kleckschen* öfters dort aufhielten. Wir glaubten, dass sie den Nagern gerne zusahen. Angst, dass sie die Meerschweinchen stressen könnten, hatten wir nicht, zumal beide Katzen selbst bei unseren Vögeln keine Raubtiermanieren an den Tag legten.

Doch dann sollten wir eines Nachmittags auf ungewöhnliche Art herausfinden, was der wahre Grund für die Neugier der Katzen war.

Meine Mutter und ich saßen im Wohnzimmer und schauten uns eine Sendung im Fernsehen an. Da hörten wir *Mohrchen* seltsame

56

Geräusche ausstoßen. Zwar wunderten wir uns, was er haben könnte, dachten uns aber, dass wir dies schnell herausfinden würden, zumal die Töne zunehmend lauter wurden und der Kater somit immer näherkam.

Als er schließlich ins Wohnzimmer trat, sahen wir die Ursache seines seltsamen Mauzens: *Mohrchen* trug eine tote Maus quer im Maul. Wir lobten ihn für seine erfolgreiche Jagd ausgiebig, woraufhin er seine Beute sogleich vor unseren Augen auffraß. Danach verschwand er wieder auf dem Speicher.

Nur kurze Zeit später erschien er mit der zweiten Maus, die er nicht mehr ankündigte, uns aber zeigte. Ein weiteres Lob unsererseits blieb natürlich nicht aus. Das stachelte seine Jagdleidenschaft an. So fing er noch ein paar.

An einem Tag brachte er siebzehn Mäuse zur Strecke, die er selbstverständlich nicht alle fressen konnte, weshalb wir den Großteil entsorgen mussten.

Auch *Kleckschen* beteiligte sich an der Jagd und schleppte so manche tote Maus – wie viele sie fing, weiß ich nicht – an, um uns zu beweisen, dass auch sie eine hervorragende Mauserin sei.

Die Mäuseinvasion führte dazu, dass wir beschlossen, die Kaninchen und Meerschweinchen so schnell wie möglich im Außenstall unterzubringen.

Frust-Urinieren

Eine Sache nervte meine Mutter und mich jedoch, mit etwa 15 Jahren fing *Mohrchen* an, seinen Urin auf der Treppe, welche in den ersten Stock führte, auf zwei ganz bestimmten Stufen abzusetzen, sobald ihm irgendetwas nicht passte. Beide Stufen liegen jeweils in den Biegungen. Am meisten jedoch tat er seinen Frust kund, indem er die obere, also die drittletzte, dafür nutzte.

Die gesamte Treppe ist aus Holz, was bedeutet, dass die Flüssigkeit sich einen Weg zwischen den Brettern nach unten bahnen kann. Wäre dort der Keller gewesen, hätten wir wohl kaum etwas davon bemerkt – ausgenommen, die Feuchtigkeit auf der Stufe. Da sich unterhalb der Treppe in der Erdgeschosswohnung der Durchgang vom Flur sowohl ins Bad wie in den Keller befindet, konnte die Pfütze nicht übersehen werden.

Bei der Höhe, die der Urin hinunterfloss, spritzte er und verteilte sich auf den gut zwei Quadratmetern des Fliesenbodens. Zum Glück führt eine Stufe ins Badezimmer hinauf, womit sich die Flüssigkeit nicht auch noch dorthin verbreiten konnte.

Auch nachdem *Mohrchen* nicht mehr lebte, hat es noch lange an den beiden Stellen massiv nach Katze gestunken, wenn das Wetter umschlug – da halfen alle ausprobierten geruchsintensiven Putzmittel und Parfums nichts.

Interessant fand ich jedoch, dass er niemals sein feuchtes Missfallen in meiner Wohnung äußerte.

58

Was sonst noch zu erwähnen wäre

Sowohl *Mohrchen* als auch seine Schwester waren nicht mäkelig, was ihr Fressen betraf. Egal, von welchem Discounter ich die Dosen und das Trockenfutter mitbrachte, nie meckerten sie oder ließen es einfach stehen. Doch seine Lieblingssorte war von Anfang bis zum Ende Fisch.

Leckerchen gab es für *Mohrchen* hauptsächlich in Form von Sticks. Auch hier nahm er am liebsten diejenigen mit Fischgeschmack. Gerne jagte er den in Stücke gebrochenen Stangen hinterher, wenn ich sie von der Küche aus in den Flur oder sogar bis ins gegenüberliegende Wohnzimmer warf. Als Ersatz nahm er allerdings auch die gefüllten Knuspertaschen, die er nie ganz herunterschlang, sondern stets aufbiss.

Mohrchen und ich hatten ein besonders nettes Ritual entwickelt. Wenn ich die Treppe zu meiner Wohnung im ersten Stock heraufkam und er sich im Flur aufhielt, stellte er sich so dicht an die Kante, dass sein Kopf darüber hinaus ragte. Dann sah er mir zu, wie ich mich ihm näherte. Sobald sich mein Kopf, mit dem seinen auf gleicher Höhe befand, schlossen wir beide die Augen und legten unsere Stirnen für einen Augenblick aneinander. Normalerweise begrüßen sich auf diese Weise auch Katzen, die sich mögen. Dass er mir dadurch seine Zuneigung zeigte, erfreut mich noch bis heute.

Mohrchen blieb bis zu seinem Tod am 15.05.2015, mit 17 Jahren, ein lieber, netter und anhänglicher Kater – sah man von seiner Frust-Pinkelei ab.

Leider musste er ausgerechnet einen Tag, nachdem ich von einem Krankenhausaufenthalt zurückkehrte, eingeschläfert werden. Er hatte bereits vorher stark gespeichelt, doch was ihm da aus dem Maul lief, war klar gewesen. An jenem Tag aber war mir etwas aufgefallen, als er auf seinem Lieblingsplatz neben meinen Beinen auf der Couch lag. Das, was ihm aus dem Maul lief, war mit Blut vermischter Speichel. Eine Bekannte fuhr mich, mit dem Kater in der

Transportbox, zur Tierärztin. Sie konnte nicht feststellen, woher die Blutung kam, riet allerdings dazu, den alten Kater zu erlösen.

7. Kapitel: Kleckschen

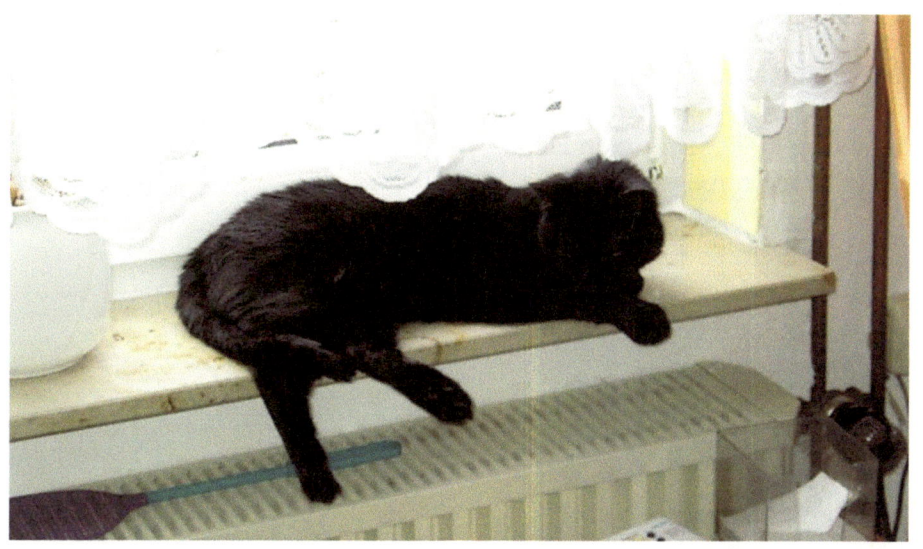

61

Kleckschen

Als ich 'ne junge Mutter war,
da hat man uns entführt.
Ich wusste nicht, wie mir geschah.
Das hat mich tief berührt.

Zunächst stellt' ich mich linkisch an:
lag oftmals auf den Kitten.
Doch Hilf' bekam ich dann und wann,
musst nicht mal darum bitten.

Als meine Kinder zogen aus,
war ich doch sehr zufrieden.
Ich blieb in diesem guten Haus.
So hab' ich mich entschieden.

Doch streicheln durft' mich keine Hand,
da war ich strickt dagegen.
Trotzdem hielt das Katz-Menschen-Band.
Ich ließ mich gern verpflegen.

'ne Eigenheit, behielt ich bei,
bis ich wurd' ungelenk und alt,
Ging einer an mir nah vorbei,
bekam er eine geknallt.

Wie sie zu uns kam

Am Tag nach Weihnachten des Jahres 1998 hatte sich die junge, schwarze Katze, der wir den Namen *Kleckschen* gegeben hatten, aus der Transportbox selbst befreit. Daher starteten meine Mutter und ich wesentlich später einen zweiten Versuch. Dabei kam uns ein Umstand zugute, den wir eigentlich verhindern wollten.

An einem Samstag, Anfang Mai 1999, kamen wir wie jeden Tag zum Füttern der Katzen in den ehemaligen Kuhstall. Dort hörten wir die kläglichen Stimmen mehrerer Jungkatzen. Natürlich gingen wir davon aus, dass es sich um die Kitten von *Mieze* handelte, die etwa vier Wochen alt sein konnten. Ungefähr in diesem Alter schleppte sie die Kleinen immer vom Heustall herunter, da sie ihr später zu schwer geworden wären. Ich stellte es mir nicht gerade einfach vor, wenn sie mit einem Kätzchen im Maul die Leiter hinunterklettern musste.

Zunächst verteilten wir das Katzenfutter, um die vier erwachsenen Katzen abzulenken. Dann suchten wir den Stall nach den Kitten ab. Was wir finden sollten, war hingegen eine große Überraschung: Als ich dem Geräusch nachgegangen war, hatte ich ganz unbesorgt mein Gesicht an die Öffnung eines Grasfangsackes der Rasenmäher gehalten, da ich der Überzeugung war, dass alle erwachsenen Katzen mit Fressen beschäftigt wären. Ich sollte mich auch darin schwer täuschen. Wann und wie auch immer die erwachsene Kätzin dort hineingeschlüpft war, ist mir bis heute ein Rätsel. Jedenfalls fauchte mich etwas großes Schwarzes an.

Kaum hatte ich mein Gesicht in Sicherheit gebracht, sprang sie bereits heraus. Erst danach traute ich mich nochmals, nach den vermeintlichen Kitten von *Mieze* zu sehen. Statt der vier Wochen alten Kätzchen fand ich in dem Sacke zwei gerade einmal wenige Stunden alte schwarze Kitten. Als ich die Entdeckung meiner Mutter mitteilte, stellte sie fest, dass es sich um den ersten Wurf von *Kleckschen* handeln musste. Sie war es nämlich gewesen, die mir entgegengekommen war.

Sofort waren wir uns einig, dass die Kitten uns die Gelegenheit boten, *Kleckschen* mit zu uns nach Hause zu nehmen. Schnell holte ich die noch immer im Stall stehende Transportbox herbei. Inzwischen schnappte sich meine Mutter die noch immer kläglich schreienden Kätzchen und legte sie anschließend in die mit einem weichen, flachen Kissen ausgelegte Box. Dann stellte ich diese auf den Stallboden, um der frischgebackenen Katzenmutter die Möglichkeit zu geben, zu ihren Kindern zu gelangen. Leider war sie äußerst geschickt und beweglich. Ehe ich die Tür hinter ihr verschließen konnte, entwischte sie mir mit einem der Kitten im Maul. Dieses brachte sie zurück in den Grasfangsack. Danach begann ein Spiel, dass sich erst im Nachhinein so lustig anhört.

Kaum hatte *Kleckschen* den Sack verlassen, holte meine Mutter das Kätzchen wieder heraus und legte es zurück in die Box. Inzwischen war *Kleckschen* mit ihrem zweiten Jungen bereits unterwegs zum Grasfangsack. Das ging ein paar mal hin und her, bis es meiner Mutter zu bunt wurde. Sie wartete ab bis beide Kitten im Sack waren und die verunsicherte *Kleckschen* wieder herauskam. Dann schnappte sie sich beide Kätzchen und setzte sie zurück in die Box. Dies bekam die Katzenmutter natürlich mit, zumal ihre Kinder fiepten. Schnell verschwand sie, mit der erneuten Absicht, sie herauszuholen, sogleich erneut in der Box. Diesmal aber war ich schneller. Flugs schloss ich die Gittertür hinter ihr. Diesmal überprüfte ich allerdings, ob die Verschlüsse hielten.

Im selben Moment, als *Kleckschen* merkte, dass sie eingesperrt war, tobte sie los. Uns wurde ganz angst und bange um die Kitten. Daher beschlossen wir, so rasch wir konnten, nach Hause zu laufen.

Meine Schwester schickten wir sogleich los, um Katzenaufzuchtmilch zu besorgen. Wir gingen aufgrund der schreienden Kitten davon aus, dass die Erstgebärende keine Milch hatte. Was wir bei *Minka* erlebt hatten, sollte sich bei *Kleckschen* nicht wiederholen.

Zuhause angekommen, holten wir sogleich den eigens für die Jungkatze gekauften Korb herbei, polsterten ihn mit einem alten Tuch aus und stellten ihn sicherheitshalber auf den Balkon. Dort öffneten wir auch die Transportbox in der Erwartung, dass *Kleckschen* sogleich herausschießen und davonlaufen würde.

Seltsamerweise beendete sie, sobald die Box geöffnet auf dem Boden stand, ihre Toberei und kam recht vorsichtig heraus. Während sie sich geduckt umsah, nahmen wir ihre Kinder heraus und legten sie in den Korb. Das von uns erwartete Geschrei blieb aus, woraufhin wir feststellten, dass ihnen in dem Grasfangsack einfach nur zu kalt gewesen war. Ins warme Tuch gekuschelt und dicht aneinander geschmiegt schien ihnen dieser Ort wesentlich besser zu gefallen.

Da *Kleckschen* relativ gelassen reagierte, zumal die Kitten endlich still waren, wagten wir es, den Korb mit den Kleinen ins Wohnzimmer zu stellen. Sicherheitshalber blieb die Balkontür aber so weit geöffnet, dass die Mutterkatze jederzeit nach draußen flüchten konnte.

Zu unserer Überraschung schien sie diese Möglichkeit aber gar nicht zu reizen. Sofort stieg sie ins Körbchen. Leider ließ sie sich nicht neben, sondern auf ihren Kindern nieder. Auf sie einredend, griff meine Mutter beherzt zu und zog die Kitten unter ihr hervor. Dann legte sie die Kitten vor die Milchleiste^2, wo sie sogleich an ihr andockten und tretelnd^3 ihre Milch saugten. Damit klärte sich auch, dass unsere Sorge, *Kleckschen* könnte trockenstehen^4, unbegründet war. Allerdings benötigte sie die ersten Tage noch öfters diese Hilfe. Sie war halt noch etwas ungeschickt, was sie wohl selbst merkte. Niemals biss, kratzte oder fauchte sie, wenn man sie derart unterstützte.

Um die kleine Familie möglichst wenig zu stören, stellten wir flugs eine Schale mit Nass-, eine weitere mit Trockenfutter und eine dritte mit Wasser in die Nähe des Korbes. Zuletzt positionierten wir ein offenes Katzenklo gut einen Meter entfernt. *Kleckschen* sollte das Gefühl haben, dass sie ihre Kinder stets im Blick haben konnte, ganz gleich, ob sie fraß, soff oder ihr Geschäft erledigte.

Die Balkontür konnten wir unbesorgt wieder schließen. Nachdem die Kätzin sich selbst und ihre Kitten gut versorgt wusste, hatte sie gar nicht mehr das Bedürfnis, zu fliehen.

---

^{2} Milchleiste = in zwei Reihen parallel angeordnete Zitzen
^{3} treteln = mit den Pfoten den Milchfluss anregen
^{4} trockenstehen = keine Milch geben

Die Aufzuchtmilch brauchten wir überhaupt nicht, denn es stellte sich heraus, dass *Kleckschen* genügend Milch hatte. Sie säugte ihre Kinder nicht nur volle acht Wochen lang, sondern hatte sogar danach noch hin und wieder einschießende Milch. Hatte sich Druck aufgebaut, legte sie sich in der Nähe der Kätzchen hin. Begriffen die beiden nicht sogleich, was sie wollte, rollte sie sich auf den Rücken und griff mit beiden Pfoten nach einem der dicht an ihr vorbeitollenden Kinder. Dermaßen gefangen, zog sie es an ihre Milchleiste, wo es sofort andockte und zu saugen begann.

Kleckschen war – trotz ihrer Unerfahrenheit – eine gute Mutter, die ihre Kitten nicht nur säugte und wärmte, sondern auch für deren Verdauung und Fellpflege sorgte, indem sie sie mit ihrer rauen Zunge leckte.

Obgleich sie es sich auch gefallen ließ, dass meine Mutter anfangs regelmäßig die noch blinden Kätzchen unter ihr hervorzog, wenn sie sich mal wieder auf diese drauf gelegt hatte, so reagierte sie auf *Mohrchen* ganz anders.

Am Tag ihres Einzugs bei uns kam ihr neugieriger Bruder auf sie und ihre Kinder zu. Wahrscheinlich wollte er einfach nur nachsehen wer da in einem Korb im Wohnzimmer lag. Jedenfalls zeigte weder seine Körperhaltung noch seine Stimme an, dass er den Gast angreifen oder verjagen wollte. Als gerade einmal einjähriger Kater war er nur neugierig und schnüffelte herum.

Dennoch schien die Annäherung einer anderen Katze *Kleckschen* nicht geheuer. Wenn sie auch keine direkte Angriffszeichen zeigte, so machte sie *Mohrchen* mit einer stimmlichen Ansage klar, dass er gefälligst Abstand vom Korb zu halten hätte. Jedenfalls machte er von diesem Zeitpunkt an stets einen großen Bogen um das Wochenbett seiner Schwester, wenn er auf den Balkon wollte.

Kleckschens Wesen

Kleckschen war von Anfang an sehr eigen. Sie war nicht die liebe Schmusekatze, die gerne gestreichelt werden wollte. Ganz im Gegenteil: Sie war eher die „Kräutchen-rühr-mich-nicht-an-Variante". Anfassen ließ sie sich nur, wenn sie vom späten Herbst bis ins zeitige Frühjahr hinein ihre Nächte im Bett meiner Mutter verbrachte. Dort schlief sie, zu einem Kringel zusammengerollt auf der Bettdecke. Niemals hat sie versucht, unter diese zu kriechen, wie viele ihrer Artgenossen dies getan hätten. *Kleckschen* wollte immer die Übersicht behalten.

Wenn meine Mutter allerdings nachts mit der Hand nach ihr tastete, um festzustellen wo sie lag, schlug sie nicht ein einziges Mal zu, biss oder fauchte. Nur gestreichelt wollte sie eben nicht werden.

Die Nächte, in denen es ihr nicht zu kalt erschien, verbrachte sie –

67

wie ihr Bruder *Mohrchen* – draußen. Diese Freiheit gönnten wir ihr, da sie ja ihr erstes Lebensjahr ohne ein menschliches Zuhause verbracht hatte. Wir machten uns nie Sorgen um sie, da wir davon ausgingen, dass sie die natürlichen Gefahren kannte.

Auch tagsüber stromerte sie gerne durch die Gegend, wozu sie allerdings Hilfe beim Verlassen und Hereinkommen ins Haus benötigte. Wie schon erwähnt, hielten wir es für zu aufwändig, an jeder der zwei Haustüren eine Katzenklappe anzubringen. Damals hätte dies auch bedeutet, dass nicht nur unsere eigenen, sondern auch alle Katzen der Umgebung sich unbemerkt ins Haus hätten schleichen können. Ich weiß gar nicht, ob der heute verwendete Mikrochip damals schon bei Katzen eingesetzt wurde.

Am liebsten kam sie ohnehin durchs Küchenfenster herein. Auf der Außenfensterbank wartete sie des Öfteren darauf, dass es ihr geöffnet wurde.

Bei der Futterauswahl war sie fast so unkompliziert wie ihr Bruder *Mohrchen*. Allerdings war sie nicht so ein großer Fischfreund, obgleich sie ihn ebenfalls verzehrte.

Eine unangenehme Eigenheit besaß sie indessen, die man als Schläge aus dem Hinterhalt betiteln könnte. Meist erwischte es einen, wenn man es gar nicht erwartete. Eine typische Stelle war der Flur der oberen Wohnung. Zwischen dem Ende der Treppe und dem Durchgang zur Küche stand bereits damals eine hüfthohe Kommode. Da sie mit ihrer Rückwand in etwa mittig am Geländer positioniert war, blieb jeweils rechts und links noch gut ein halber Meter Platz. Und genau links des Schränkchens hockte *Kleckschen* sich zu gerne hin, um die Menschen zu empfangen, die nichts ahnend die Treppe benutzten. Dabei war es vollkommen gleich, ob man heraufkam oder herunterging.

Gut getarnt mit ihrer schwarzen Fellfarbe hockte sie zwischen Kommode und Treppenende. Sobald jemand an ihr vorbeiging, schlug sie mit der Pfote zu. Zum Glück tat sie das mit eingezogenen Krallen, sonst hätte es ständig blutige Striemen gegeben. Warum sie das tat, ist mir bis heute ein Rätsel. Wahrscheinlich war es einfach eine Laune.

Das Ende der Fruchtbarkeit

Als *Kleckschen* nach der Geburt von *Tippex* und *Hörnchen* das erste Mal rollig wurde, waren die beiden erst acht Wochen alt. Eigentlich war diese Zwischenrolligkeit[5] reichlich früh, zumal sie immer noch Milch hatte. Da Katzen bis zu dreimal im Jahr werfen können – vor allem, wenn sie gut versorgt werden – stellte dies ein ernstzunehmendes Problem dar. In diesem Zustand konnten wir sie auf keinen Fall aus dem Haus lassen. Andererseits fanden wir es noch etwas früh für eine Sterilisation. Wir beschlossen abzuwarten, bis diese Phase abgeklungen war, um dann möglichst schnell einen Termin mit dem Tierarzt zu vereinbaren.

Es waren schon seltsame Bilder, wie *Kleckschen* sich *Mohrchen* anbot. Abgesehen von den ständigen Lauten, welche sie ausstieß, präsentierte sie ihrem Bruder ihr Hinterteil, während sie mit den Vorderbeinen einknickte.

Da *Mohrchen* aber schon lange sterilisiert und damit kein zeugungsfähiger Kater mehr war, wusste er gar nicht, was dieses Gebaren bedeuten sollte. Daher wandte er sich ab und verließ, sichtlich irritiert, den Raum. Wahrscheinlich war auch er froh, als die Rolligkeit endlich beendet war.

Schnell vereinbarten wir einen Termin mit der Tierärztin zur Sterilisation von *Kleckschen*. Dabei sprachen wir auch ab, dass ihr Ehemann vorbeikommen und die Kätzin einfangen sollte. Wir wollten es uns mit ihr nicht verderben, da wir wussten, wie nachtragend Katzen im Allgemeinen sind. *Kleckschen* bildete da keine Ausnahme.

Vorsorglich hatten wir *Kleckschen* mitsamt ihren Kitten im Wohnzimmer eingesperrt, damit sie sich nicht in der gesamten Wohnung verstecken konnten. Dennoch sollte es zu wilden und lustigen Szenen kommen.

Als der Mann der Tierärztin eintraf, war er bewaffnet mit dicken Handschuhen und einem Netz. „Die Katze haben wir gleich!", höre ich ihn noch heute sagen, als ich mit ihm den Raum betrat.

---

[5] Zwischenrolligkeit = Empfänglichkeit zwischen zwei normalen Zyklen

Da *Kleckschen* von Fremden ohnehin nichts hielt, versteckte sie sich sogleich. Und schon ging die große Such- und Fangaktion los.

Da etwas Schwarzes hinter die Bett-Couch huschte, schoben wir diese gemeinsam ein Stück von der Wand weg. Doch weder flutschte eine Katze an uns vorbei, noch fing sie sich in dem bereitgehaltenen Netz. Sie war ganz einfach wie vom Erdboden verschwunden. Also klappte ich die Seite hoch, in der sich auch der Bettkasten befand. Gleichzeitig machte sich der Fänger bereit, sofort sein Fanggerät einsetzen zu können.

Ehe ich etwas erkennen konnte, sauste das Netz nach unten und hocherfreut rief der Mann aus: „Ich habe sie!"

Nun ja, abstreiten ließ es sich nicht, dass er eine schwarze Katze gefangen hatte. Dennoch konnte ich ihm nicht zu seinem Erfolg gratulieren. „Das hätten wir auch einfacher haben können!", meinte ich und musste lachen. In dem Netz befand sich ein verdutzt guckendes *Hörnchen*.

Nachdem wir es gemeinsam befreit hatten, ging die Suche nach dessen Mutter erneut los. Es folgte eine wilde Jagd durch den ganzen Raum, immer hinter etwas Schwarzem her, das sich mal als *Tippex*, *Hörnchen* oder doch als *Kleckschen* entpuppte. Wobei ausgerechnet diese Katze dem Fänger immer wieder geschickt Haken schlagend entkam. Dennoch nahm die Fangaktion über, hinter und in die Couch, rund um den Tisch und quer durch das Wohnzimmer Dimensionen an, die wohl keiner von uns erwartet hätte.

Nach einer gefühlten Ewigkeit ging dem Fänger endlich die richtige schwarze Katze ins Netz. Sogleich verstauten wir sie gemeinsam in der bereitgestellten Transportbox. Wir versicherten uns beide, dass die Verschlüsse auch wirklich hielten, denn *Kleckschen* begann sogleich darin zu toben. Scheinbar war sie von der Fangaktion noch nicht müde genug.

Sowohl wir Menschen als auch die Kitten waren fix und fertig. Dennoch hatte ich den Verdacht, als ich mir *Tippex* und *Hörnchen* so betrachtete, dass sie viel Spaß an diesem Spiel gehabt hatten. Mir jedenfalls kam es vor, als würden sie grinsen. Kaum jedoch war der fremde Mann mit *Kleckschen* aus dem Haus, legten sie sich zum

70

Schlafen nieder.

Ich glaube, dass die Kitten ihre Mutter nicht sehr vermisst haben, denn zu dieser Zeit kümmerte sich *Mohrchen* bereits hauptsächlich um sie. Trotzdem wurde *Kleckschen* am Abend, als sie zurück nach Hause kam, von beiden Kitten mit einem „Nasenkuss" begrüßt.

Tippex und *Hörnchen* lebten bis zum Jahresende noch zusammen mit ihrer Mutter und dem Onkel bei uns im Haus. Zum Jahreswechsel zogen sie gemeinsam mit meiner Schwester aus.

Au Backe!

Als *Kleckschen* nur noch allein mit meiner Mutter und mir im Haus wohnte, änderte sich ihr Wesen. Sie legte sich gerne zu mir auf die Couch, wie *Mohrchen* es früher getan hatte. Doch angefasst und gestreichelt werden wollte sie zunächst nicht. Da ich mich ihr nicht aufdrängte und sie in Ruhe ließ, war unser Verhältnis recht entspannt.

Was mir nicht gefiel, war, dass sie plötzlich anfing, ihr Futter stehen zu lassen. Ich nahm an, dass sie auf ihre alten Tage mäkelig wurde. Daraufhin kaufte ich ihr gemahlenes Nassfutter in wesentlich kleineren Dosen und auch nicht mehr vom Discounter. Da sie bereits 17 Jahre alt war, dachte ich, dass ich ihr etwas Gutes tun würde, wenn ich ein auf alte Katzen abgestimmtes Fressen besorgen würde. Im hinteren Körperbereich fiel sie stark ein, was auf eine Erkrankung der Nieren schließen ließ. Daher achtete ich auch auf Spezialfutter für diese Beschwerden.

Zunächst fraß sie dieses recht gerne. Eines Tages jedoch bemerkte ich, dass sie damit Schwierigkeiten zu haben schien. Deshalb verdünnte ich es zusätzlich mit warmem Wasser, sodass sie es nur noch schlabbern musste. Aber auch damit konnte ich ihr nur wenige Tage helfen. Schließlich rührte sie auch dieses nicht mehr an.

Ich machte mir Sorgen, was sie haben könnte und beschloss, den Tierarzt aufzusuchen. Zuvor entdeckte ich aber etwas, was mir bisher wohl entgangen war.

Kleckschen hatte schon immer ein für eine Kätzin untypisches rundes Gesicht besessen, das eher an einen Kater erinnerte. Wahrscheinlich war mir deshalb auch nicht aufgefallen, dass sich in diesem etwas verändert hatte.

Einen Tag, bevor ich den Termin beim Tierarzt für sie ausgemacht hatte, lag ich auf der Couch und schaute zu der am anderen Wohnzimmerende sitzenden *Kleckschen*. Da fiel mir auf, dass eine ihrer Wangen dicker als die andere aussah. Als ich diese Vermutung gegenüber meiner Mutter äußerte, meinte auch sie, dass ich recht hätte.

Am nächsten Morgen bestätigte uns die Tierärztin unseren Verdacht, dass *Kleckschen* unter Zahnschmerzen litt. Gleich mehrere Backenzähne mussten gezogen werden. Da sie dafür in Narkose gelegt werden musste, bestimmte die Tierärztin zuvor die Nierenwerte. Diese waren erstaunlicherweise für ihr Alter noch ganz passabel. Dennoch wies die Ärztin uns darauf hin, dass man bei einer so alten Katze nie voraussagen könnte, wie sie die Narkose vertragen würde. Im schlimmsten Fall könne sie auch nicht mehr zu sich kommen. Allerdings blieb uns keine andere Wahl, als der OP zuzustimmen, da *Kleckschen* nichts mehr fraß. Daher ließen wir die Katze in der Praxis und fuhren mit einem bangen Gefühl nach Hause.

Am späten Nachmittag rief ich die Tierärztin an, um mich nach *Kleckschens* Zustand zu erkundigen. Wie erleichtert waren meine Mutter und ich, als wir erfuhren, dass *Kleckschen* den Eingriff gut überstanden hätte und dabei war, aufzuwachen. Ihr Angebot, doch gleich vorbeizukommen und sie zu besuchen, nahmen wir gerne an.

So fuhren wir sogleich los und überzeugten uns mit eigenen Augen, dass es unserem „Kätzchen" relativ gut ging. Es war zwar noch etwas wackelig auf den Beinen, schien ansonsten allerdings auf dem Weg der Besserung. Wir empfanden die Möglichkeit des Besuchs als eine nette Geste, die wir gar nicht erwartet hätten.

Bereits am nächsten Tag rief uns eine Angestellte aus der Tierarztpraxis an, dass wir *Kleckschen* wieder nach Hause holen konnten. Von da an fraß sie ihr gemahlenes Futter wieder ohne

72

murren.

Wir lernten daraus, wie zäh Katzen doch sind, selbst, wenn sie bereits etliche Jahre auf dem Buckel haben.

Eine alte Katze will gepflegt werden

Nach dem Vorfall mit den Zahnschmerzen stellte ich fest, dass es noch weitere Baustellen am Körper unserer alten Katze gab. Immer, wenn sie über den Berberteppich lief, der unter dem Wohnzimmertisch lag, blieb sie mit einer Kralle der linken Hinterpfote hängen. Außerdem gab es eine verfilzte Stelle an ihrem Hinterleib. Gerne hätte ich mich um beides gekümmert, war mir aber nicht sicher, wie sie auf meine Hilfe reagieren würde.

Zunächst wollte ich mir den Filz vornehmen, da ich hoffte, mich

73

vor einem Tatzenschlag oder dem Zubeißen mit ihren noch immer vorhandenen Reißzähnen leichter in Sicherheit bringen zu können. An die Pfoten traute ich mich noch nicht heran, da ich wusste wie empfindlich die meisten Katzen dort sind. Gerade mit einer Diva wie *Kleckschen* musste ich besonders vorsichtig sein.

Um sie auf gar keinen Fall mit der Schere zu stechen, hatte ich mir eine Kindernagelschere besorgt, deren vordere Enden abgerundet sind. Diese zeigte ich *Kleckschen* zunächst einmal. Sie durfte sie sich ansehen und daran schnuppern. Dann erklärte ich ihr, was ich damit vorhatte.

„Du hast da eine Stelle im Pelzchen, wo du dich selbst nicht mehr putzen kannst", redete ich in ruhigem Ton auf sie ein. „Und mit diesem Ding, das sich Schere nennt, versuche ich dir zu helfen. Ich weiß, dass die verfilzte Stelle dir weh tut, deshalb werde ich ganz vorsichtig sein und nur ein kleines bisschen abschneiden. Morgen können wir dann weiter machen."

Als ich das Gefühl hatte, dass sie den Sinn meiner Worte verstand und ruhig auf dem Boden vor der Couch stehen blieb, wagte ich mich an sie heran. Ich saß, stets fluchtbereit auf dem Rand der Sitzfläche und beugte mich zu ihr herunter. Dann schnitt ich nur die obersten Spitzen der Unterwolle ab. Ich wollte ihr vertrauen nicht gleich verspielen, weshalb ich es damit bewenden ließ.

„War doch gar nicht schlimm", sagte ich zu ihr und zeigte ihr das Fell in meiner Hand. Sie schnüffelte daran und hüpfte dann zu mir auf die Couch. Dort ringelte sie sich zusammen und döste vor sich hin.

Erleichtert atmete ich für diesmal auf, wissend, dass ich von nun an immer vorsichtiger vorgehen musste.

Am nächsten Tag erklärte ich ihr nochmals, dass ich ihr nur helfen wollte und wieder nur ein kleines Stück ihres verfilzten Fells wegschneiden würde. Sie müsste nur ruhehalten, damit ich sie nicht verletzte. Und dass tat sie zu meinem Erstaunen auch.

Diesmal schnitt ich in die Verfilzung hinein und konnte damit etwa die Hälfte entfernen. Ganz vorsichtig hielt ich mit zwei Fingern den Pelz fest, während ich mit der anderen die Schere ansetzte. Obwohl dies *Kleckschen* bestimmt weh getan hatte, stand sie ruhig da.

Ich hoffte, dass sie verstanden hatte, was ich bezweckte, zumal ich ihr wieder das abgeschnittene Stück zum Schauen und Riechen hinhielt.

„Guck mal, wie schlimm das aussieht", versuchte ich ihr zu erklären, dass diese Aktion wirklich sein musste. „Du möchtest doch wieder hübsch aussehen."

Wieder sah sie sich die Wolle an und roch daran. Anschließend suchte sie erneut – wie am Abend zuvor ihren Platz auf der Couch auf.

Den Tag darauf stand mir der heikelste Teil bevor. Da sie trotz guter Fütterung recht mager und ausgerechnet an der verfilzten Stelle auch noch eingefallen war, würde es nicht leicht werden den restlichen Filz zu entfernen. Daher hatte ich mir eine andere Strategie einfallen lassen.

Aus Angst *Kleckschen* zu schneiden, versuchte ich mit einer Bürste für die Unterwolle das verfilzte Stück aufzukämmen. Auch dies erklärte ich ihr und zeigte ihr, ehe ich begann, das neue Werkzeug. Da sie es akzeptierte, begann ich ganz vorsichtig mit dem Ausbürsten.

Da es mehr Arbeit war, als ich geglaubt hatte, schaffte ich nur gut die Hälfte, ehe ich spürte, dass ich *Kleckschen* genug geärgert hatte. Den Rest würde ich am morgigen Tag bewältigen.

So kam es, dass ich schließlich nochmals an der verfilzten Stelle arbeiten musste. Mit äußerster Vorsicht kämmte ich sie und setzte meine Finger als Haartrenner ein. Endlich gelang es mir, die verwirrte Unterwolle auseinander zu zupfen. *Kleckschen* für ihre Geduld lobend, atmeten wir beide erleichtert auf. Anschließend legten wir uns gemeinsam nebeneinander auf die Couch.

Bürsten lassen wollte sie sich indessen immer noch nicht. Erst, als an der gleichen Stelle wieder eine Verfilzung auftrat und ich ihr erklärte, dass ich da erneut mit Bürste und Schere ran musste, hatte sie ein Einsehen.

Von diesem Tag an ließ sie es zu, dass ich sie regelmäßig kämmte. Meist kam sie sogar von selbst, wenn ich es einmal vergessen hatte.

Dabei stellten wir fest, dass *Kleckschen* es genoss, mit der Bürste am Rücken und den Seiten von der Unterwolle befreit zu werden. Außerdem forderte sie nun auch Streicheleinheiten ein. Obwohl sie nicht zu einer Schmusekatze wurde, hat sie nie wieder aus dem Hinterhalt zugeschlagen.

Als ich diese Hürde gemeistert hatte, wandte ich mich der nächsten zu. Ich fragte mich, wie ich *Kleckschen* verständlich machen sollte, dass ich an ihre Pfoten musste, um die Nägel zu kürzen. Da ich mit Zureden und der Erklärung, was ich bei ihr vorhatte, bereits bei der Fellpflege einen Erfolg erzielt hatte, versuchte ich es nochmals auf die gleiche Art.

„*Kleckschen*, deine Krallen an den Hinterpfoten sind zu lang", begann ich auf die Katze einzureden, die auf ihrem Hinterteil neben mir auf der Couch saß. „Immer bleibst du im Teppich hängen."

Sie sah mich aufmerksam an. Daraufhin zeigte ich ihr die Krallenschere, die ich einst für die Kaninchen gekauft hatte. „Hiermit schneide ich die Spitzen ab. Das tut nicht weh. Danach bleibst du auch nicht mehr am Teppich hängen."

Sie schnüffelte daran und rieb ihr Köpfchen sowohl an der Schere als auch meinen Fingern. Damit war klar, dass sowohl das Werkzeug als auch ich nun nach *Kleckschen* rochen und damit akzeptiert waren.

Vorsichtig und *Kleckschen* stets erzählend, was ich tat, setzte ich die Krallenschere an der längsten Kralle eines Hinterfußes an. Immer die Katze und ihre Reaktion im Auge behaltend, knipste ich ein Stück des – zum Glück – hellen und durchscheinenden Nagels ab.

Kleckschen sah nur interessiert zu, zeigte aber keine Zeichen von Verärgerung. Da ich ihre Pfote nicht angefasst hatte, schien dieses Manöver sie nicht aufzuregen.

Fürs erste beließ ich es bei der einen Kralle. Ich hoffte, dass sie beim Gang über den Teppich merken würde, wie sehr ich ihr damit geholfen hatte. Und richtig; beim nächsten Mal ließ sie es zu, dass ich sämtliche Krallen an den Hinterfüßen einkürzte.

Der Bann war gebrochen, sodass ich von Zeit zu Zeit ohne Angst nachschneiden durfte. Niemals hätte ich gedacht, dass *Kleckschen*

76

mich einmal an ihre Pfoten lassen würde.

Nach fast 19 Lebensjahren entschloss *Kleckschen* sich, nichts mehr fressen und saufen zu wollen, sodass wir sie, kurz vor ihrem mutmaßlichen Geburtstag im April, am 28.02.2017 vom Tierarzt erlösen ließen.

8. Kapitel: Kira

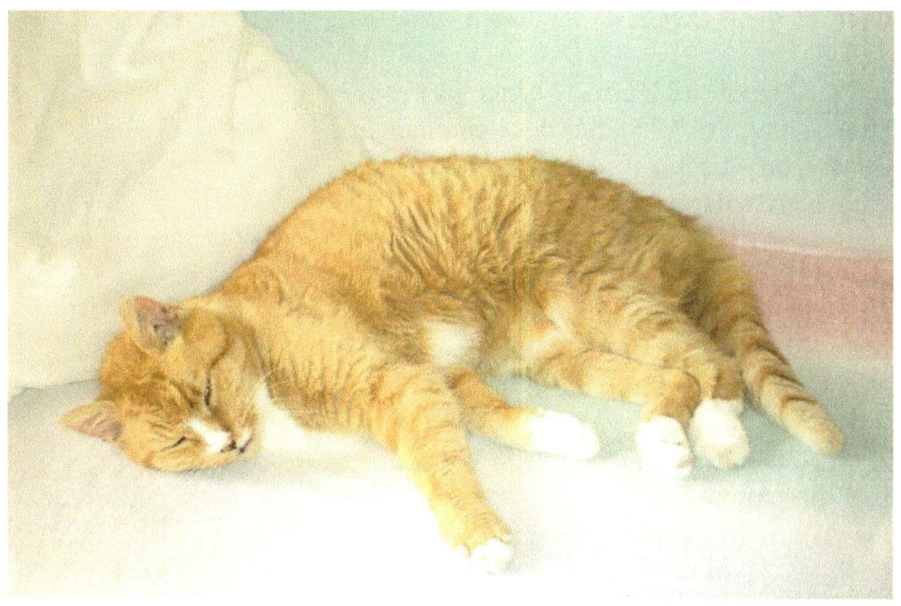

Kiras Drachenflug

Ich bin gar eine *Alte Seele*,
die in 'nem Leib sich inkarniert.
Drum bin ich, was ich nicht verhehle,
in gleich zwei Herzen einmarschiert.

Obwohl mein Körper schon sehr krank,
werd' ich geliebt und auch verwöhnt.
Ich schnurr' euch beiden meinen Dank,
weil ihr mein Leben so verschönt.

Ich reise gern in „Unt're Welten"
zum Schlag der Trommel des Schamanen.
Es ist – so hört ich – ziemlich selten,
dass Tiere solche Dinge planen.

Der Höhepunkt, das muss ich sagen,
ist wohl der Ritt auf einem Drachen.
Mir will dies erst gar nicht behagen.
Nicht einfach find' ich diese Sachen.

Dass Katzen doch nicht fliegen können,
hab' der Andrea ich gesagt.
Der Isidor will's mir nicht gönnen,
doch trotzdem hab' ich es gewagt.

Im Geist vereint wir drei nun reisen
durchs Seelenland, das mir vertraut.
Wir *Tiere* wollen dich hinweisen
wie's in deinem Innern ausschaut.

Mir ist zwar bang, wenn wir so fliegen,
doch wofür habe Krallen ich?
'nen bess'ren Halt kann ich nicht kriegen.
Ich krall' mich fest ganz ordentlich.

Dass ich ihm bei der dicken Schwarte
könnt' weh tun mit den kurzen Klauen,
ich meinerseits gar nicht erwarte.
Das wäre wirklich zum Miauen!

Doch gleich bricht er 'nen Streit vom Zaun,
wobei er mich beschuldigt dann,
'ner Katze dürfe man nie trauen,
die Wahrheit stellt' sie hintenan.

Wir streiten lange uns mit Worten,
bis es auch der Andrea reicht.
„Es hilft bei vielen Katz-Transporten
ein Kissen, das ist federleicht."

Das Polster löst gleich auf den Streit
und sorgt für angenehmes Sitzen.
Im Flug vergeht die Reisezeit,
als wir so durch die Lüfte flitzen.

Ich find' es schade, dass zurück
wir in die Wirklichkeit bald müssen.
Doch haben alle drei wir Glück:
Wir haben's mit Entschlüssen.

Wir werden bald schon wiederkehren
an diesen Ort, der uns vereint.
Niemand kann uns das verwehren,
was mir als meine Heimat scheint.

81

Wie *Kira* zu uns kam

Nach *Kleckschens* Tod im Februar wollten meine Mutter und ich zunächst keine Katze mehr bei uns aufnehmen. Doch ganz ohne ein „Pelzchen" im Haus kam es uns seltsam leer vor. Mehr als 18 Jahre war schon eine lange Zeit für ein Zusammenleben mit zunächst zwei und später immerhin noch einer Katze gewesen. Daher entschlossen wir uns Anfang Oktober 2017, einem Tierheimbewohner unser Haus und unsere Herzen zu öffnen.

Meine Schwester Michaela, die selbst im Tierschutz tätig war, schwärmte uns von einem schwarzen Kater vor, der meinem *Mohrchen* vom Wesen stark ähneln würde. Allerdings wurde er vermittelt, ehe wir ihn uns ansehen und ihn kennenlernen durften. Das war zwar schade, doch für eine solche Anfängerkatze ließ sich eben leicht ein neues Zuhause finden.

Bei einem Rundgang durch die Tierauffangstation trafen wir auf einige Katzen. Unter anderem auch auf mehrere schwarze. Dabei stellten meine Mutter und ich fest, dass wir nicht bereit waren, ein Tier mit der gleichen Fellfarbe wie unsere letzten beiden zu uns zu nehmen.

Da auch keine der Katzen sich uns aussuchte – schließlich ist es bei Katzen so, dass sie sich ihr „Personal" eigenständig wählen – schienen wir richtig zu liegen. Somit glaubten wir bereits, ohne eine neue Mitbewohnerin oder einen neuen Mitbewohner nach Hause fahren zu müssen.

Zuletzt kamen wir in einen Raum, in dem sich einige kleine Kitten befanden. Doch Katzenkinder kamen für uns nicht infrage. Sie würden garantiert vermittelt werden, allein, weil sie so niedlich waren. Wir aber wollten keine „Hippedidips" – also wilde Rangen, die über Tisch und Bänke sprangen, sich an Gardinen hochhangelten, alles annagten was ihnen vor die Mäulchen kam oder ihre kleinen spitzen Zähne und Krallen an uns ausprobierten.

Uns lag daran, einer erwachsenen Katze, die sich uns aussuchte, eine Chance zu geben. Und genau auf dieses „Pelzchen" trafen wir dann auch. Sie hieß *Kim* und war eine rote Tigerin, was schon etwas ungewöhnlich war. Im Allgemeinen sind rote Tiger Kater.

Wenngleich sie recht schlank und hochbeinig war, hatte sie weder etwas katerhaftes noch war sie ungestüm. Dennoch machte sie sogleich mit ihrer lauten Stimme klar, dass sie nicht länger im Tierheim zu bleiben gedachte, sondern sogleich von uns mitgenommen werden wollte. Wie konnten wir da noch nein sagen?

Nachdem der Papierkram erledigt war, fuhren wir mit der Tigerin nach Hause, die sich während der ganzen Heimfahrt beschwerte. Wir wussten, dass die wenigsten Katzen gerne Auto fahren und dies meinst auch mit einer „duften" Hinterlassenschaft bekräftigen. Diese setzte sie auch sogleich in die Transportbox, kaum dass wir angefahren waren. Außerdem jammerte sie uns die Ohren voll, dass sie zum einen dieses Eingesperrtsein nicht mochte und ihr zum anderen das Geruckel in dem fahrbaren Untersatz nicht bekam.

Wir erklärten ihr abwechseln, dass es nun mal nicht zu ändern war und sie sich auf ein großes Katzenrevier in unserem Haus freuen konnte. Dass sie eine reine Wohnungskatze war, sollte sich erst später herausstellen. Allerdings hätten wir ihr auch gerne Freigang eingeräumt, so sie das gewollt hätte.

Zuhause angekommen, öffnete ich ihr in meinem Flur in der oberen Wohnung die Gittertür. Anders, als von uns erwartet, flitzte sie nicht sogleich heraus und versteckte sich irgendwo. Nein, sie schritt majestätisch aus der Transportbox, blickte sich kurz um und sah sich ihr neues Domizil in Ruhe an. Für uns schien es, als würde sich *Kira*, wie wir sie von nun an nannten, sogleich heimisch fühlen. Sie benahm sich so, als käme sie nach einem Ausflug zurück in ihr langjähriges Zuhause und müsste nur überprüfen, ob noch alles an seinem angestammten Platz stand.

Innerhalb weniger Minuten war ihr Revier abgelaufen und scheinbar für annehmbar befunden worden. Jedenfalls setzte sie sich ganz selbstverständlich an den frisch gefüllten Futternapf. So schnell habe ich eine Katze noch nie fressen sehen. Was mir aber seltsam erschien, war, dass sie nicht nur einen Nachschlag, sondern gleich mehrere verlangte. Sie schien erst satt zu sein, als eine der vom Tierheim mitgebrachten Futtertüten leer war. Von meinen vorherigen

Katzen war ich gewohnt, dass sie deren Inhalt in zwei oder drei Mahlzeiten verspeisten. Jedenfalls mussten sie zwischendurch immer eine Verdauungspause einlegen – nicht so *Kira*. Danach soff sie etwas Wasser. Anschließend legte sie sich auf den unter dem Wohnzimmertisch liegenden Teppich und putzte sich ausgiebig.

Meine Mutter und ich hatten uns inzwischen bereits auf die Couch gelegt und das Fernsehgerät angeschaltet. Da *Mohrchen* und *Kleckschen* an viele Geräusche im Haus gewöhnt waren, kam uns nicht der Gedanke, dass *Kira* in Panik ausbrechen könnte. Und das tat sie dann auch nicht. Als wäre es die natürlichste Sache der Welt, widmete sie sich zunächst ihrem Fell, um dann ein Nickerchen zu machen.

Hurra, wir waren wieder komplett!

84

Die nächsten Tage

Kira gewöhnte sich sehr schnell an unseren Tagesablauf. Rasch hatte sie ihn verinnerlicht und achtete penibel darauf, dass wir nicht davon abwichen.

Sie wusste genau, dass meine Mutter morgens die Hausarbeit erledigte, wobei sie auch durch beide Wohnungen saugte. Doch die rote Tigerin blieb recht gelassen ob des lauten Staubsaugers. Anders als sämtliche Katzen vor ihr, flüchtete sie nicht. Stattdessen musste meine Mutter entweder um sie herumsaugen oder sie bitten einmal aufzustehn und sich anderswo niederzulassen. Letzteres tat sie dann auch, denn *Kira* war eine höfliche Katze.

Solange ich morgens bis gegen zehn Uhr am Computer saß und schrieb, gesellte sie sich gerne zu mir. Dabei war es ihr egal, ob sie auf meinem Schoß lag – was ich, aufgrund der daraus entstehenden Entfernung zur Tastatur, etwas lästig fand – oder ob sie sich neben den Bildschirm auf den Schreibtisch legte. Extra für sie räumte ich diesen Bereich frei, damit sie es sich dort gemütlich machen konnte. Obwohl dieser Platz für meine Schreibfortschritte günstiger war, erinnerte sie mich auch von dort aus daran, dass sie in meiner Nähe war. Hin und wieder lag ihr Schwanz nämlich auf meiner Tastatur.

„Ach, *Kira*, bitte nimm deinen Schwanz von meinen Tasten", forderte ich sie dann auf. Meist war meine Bitte von Erfolg gekrönt, manchmal jedoch musste ich ihn auch selbst daneben legen. Wir knipsten uns mit beiden Augen zu, woraufhin sie mich eine Zeit lang in Ruhe ließ.

Später gewöhnte sie sich an sich ausgerechnet hinter meinem Bürostuhl auf den Boden zu legen. Dass sie sich oder auch nur ihren Schwanz damit der Gefahr aussetzte, von mir überfahren oder zumindest angefahren zu werden, schien sie nie in Betracht zu ziehen. Ich war diejenige, die aufzupassen hatte.

Gegen zehn Uhr stand sie meist auf und setzte sich neben mich. Dann bekam ich von ihr erzählt, dass es Zeit zum Aufhören wäre. Sie hatte herausgefunden, dass ich zwischen zehn und halb elf ein Medikament nehmen musste. Stets erinnerte sie mich zuverlässig daran. Dies war wohl auch nicht ganz uneigennützig, denn nach der Einnahme musste ich mich aufgrund der sehr rasch einsetzenden Nebenwirkungen auf die Couch legen. Mir wurde dann nämlich schwindelig und ich konnte für gut drei Stunden mich weder körperlich noch geistig anstrengen. Mir blieb nur, fernzusehen oder ein Buch mit leicht verständlichem Inhalt zu lesen. Bei beiden Tätigkeiten machte *Kira* es sich, kaum dass ich lag, auf meinen Oberschenkeln bequem.

Anfangs erhielt ich dabei eine Akupunkturbehandlung, da *Kira* die Angewohnheit hatte, sich mit ausgefahrenen Krallen tretelnd auf meinen Beinen zu drehen. Später legte ich mir eine zusammengefaltete Wolldecke – mit Katzenmotiv, denn so gehört es sich – auf die Oberschenkel. Nun konnte sie treteln, ohne mich ständig zu verletzen.

Schnurrte sie bereits bei dieser Bewegung ausgiebig, so verstärkte sich das Geräusch um ein Vielfaches, sobald sie zusammengerollt auf mir lag. Daraufhin nannte ich sie zärtlich „meine kleine Nähmaschine".

Sobald die Nebenwirkungen abflauten und ich wieder aufstehen konnte, ging ich einer Tätigkeit nach, bei der ich circa jede Viertelstunde aufstehen musste. Zunächst war ich etwas ratlos, wie ich *Kira* von meinen Beinen herunter bekommen sollte. Sollte ich es damit probieren, dass ich sie mitsamt der Decke herunterhob und sie neben meinen Beinen auf der Couch ablegte? Oder konnte ich sie dazu auffordern, sich von selbst zu erheben? Aus der Erfahrung mit ihrem Schwanz auf meiner Tastatur versuchte ich Letzteres – und es gelang. Und das nicht nur einmal, sondern jedes Mal, sooft ich es auch versuchte. Dafür streichelte und kraulte ich sie anschließend ausgiebig. Besonders mochte sie es, wenn ich mit der Rückseite meines Zeigefingers von der Unterseite ihres Kinns angefangen, über ihre Kehle abwärts bis zu ihrem weißen Lätzchen herunter strich. Selbst die weiche Fellstelle unterhalb der Ohren durfte ich berühren. Ein dritter Lieblingsort befand sich auf ihrem Kopf. Dort, wo sich eine deutliche Knochenerhebung auf dem Schädel befindet, liebte sie es, wenn ich mit einem Finger mit leichtem Druck hin- und herfuhr.

86

Sogar ihre Nase durfte ich mit einem Finger berühren, sobald ich darauf achtete, ihre empfindlichen Tasthaare im Gesicht nicht zu reizen. Überhaupt ließ *Kira* sich sehr gerne anfassen, allerdings gab es einige Stellen, die tabu waren und an denen ich es auch gar nicht erst versuchte: Bauch und Beine einschließlich der Pfoten.

Nachmittags um drei Uhr standen ich und meine Mutter, die sich nach dem Mittagessen zu uns auf ihren Teil der Couch gesellt hatte, auf und gingen hinunter in die Küche zum „Kaffeetrinken". Auch diese Angewohnheit kannte unsere rote Tigerin recht bald, genau wie die Zeiten unserer Lieblingsserien, die nachmittags um 16.15 Uhr und am frühen Abend um 18.00 Uhr begannen. Abendessen war von kurz vor 19.00 Uhr bis gegen 19.30 Uhr. Anschließend setzte ich mich – wenn meine Krankheit es zuließ   noch bis 20.15 Uhr an den Computer, um an einer Geschichte zu arbeiten.

Sowohl zum Abendessen als auch zum Schreiben begleitete *Kira* mich meistens. Sollte sie es einmal nicht getan haben und sich ins Wohnzimmer auf die Beine meiner Mutter zurückgezogen haben, holte sie mich spätestens dann ab, wenn es Zeit wurde, meine Arbeit zu beenden. Dann stellte sie sich maunzend neben meinen Schreibtischstuhl, bis ich ihr folgte.

Eine Eigenart *Kiras* erschreckte mich zunächst. Von allen vorherigen Katzen war ich es gewohnt, dass sie sich erst auf den Bauch niederließen und dann zur Seite kippten, um die Beine auszustrecken. *Kira* hingegen überging den Zwischenschritt. Wollte sie sich hinlegen, ließ sie sich einfach aus dem Stand auf die Seite fallen.

Nach Rücksprache mit meiner Schwester erfuhr ich, dass auch sie diese Sonderform bereits bei einigen Katzen im Tierheim beobachtet hatte. Damit nahm sie mir die Sorge, dass mit *Kira* etwas nicht in Ordnung sein könnte.

2018. 02. 09

Kiras Krankheit

An den ersten zwei Tagen, nachdem wir sie aus dem Tierheim geholt hatten, litt sie noch unter Durchfall. Bisher war noch kein Befund vom Tierarzt eingetroffen, weshalb wir gebeten wurden, nochmals Röhrchen mit dem Stuhlgang zu füllen und bei unserem Veterinär überprüfen zu lassen. Doch auch dort konnte keine Ursache ermittelt werden. Sie litt weder an Parasitenbefall, noch gab es Anlass, dass sie eine Krankheit in sich trug, welche den breiigen Stuhlgang auslösen konnte. Da er sich von selbst legte, gingen wir von einer Stressreaktion aus.

Dennoch stellte sich bei einer körperlichen Untersuchung heraus, dass *Kira* nicht gesund war. Mir war aufgefallen, dass sie nicht nur an ihrem ersten Abend bei uns einen riesigen Hunger verspürte. Bis zu sieben Tüten oder Schälchen Nassfutter schlang sie am Tag in

88

sich hinein. Dabei nahm sie aber weder zu, noch wurde sie dadurch agiler. Gleichzeitig schlief oder ruhte sie sehr viel und war nach einem kurzen Spiel total erschöpft. Auch atmete sie für mein Empfinden recht schnell, was auch ihren rasanten Herzschlag erklärte. Äußerst gerne lag sie – ungewöhnlich für ein an sich wärmeliebendes Wesen – auf dem kühlen Boden oder den Fliesen in der Dusche. Zusätzlich haarte sie extrem, was sich nicht auf den Fellwechsel im Herbst und Frühjahr zurückführen ließ. Ständig waren unsere Hosenbeine, die Decke, auf der sie lag und überhaupt jeder Ort, an dem sie sich gerne aufhielt, voller roter Haare

Wir wussten ja, dass wir kein junges Kätzchen zu uns geholt hatten. Dass sie aber unter einer massiven Überfunktion der Schilddrüse litt, wie uns der Tierarzt mitgeteilt hatte und alle die von mir beobachteten Symptome darauf zurückzuführen waren, darauf war ich nicht gefasst. Es dauerte auch einige Zeit, bis sie mit Tabletten richtig eingestellt war. Dann jedoch stellte sich heraus, dass sie eine Dosis benötigte, die normalerweise ein mittelgroßer Hund verordnet bekam.

Je mehr Zeit verging, desto besser schlug das Medikament an. Wir merkten es daran, dass sie nicht mehr so viel fraß, sondern langsam auf ein für Katzen ihrer Größe normales Maß zurückfand. Außerdem schlief sie nicht mehr so viel, konnte auch etwas länger spielen und hielt sich nicht mehr so häufig in der kühlen Dusche auf. Ihre Blutbefunde sprachen ein Übriges.

Mindestens zwölf Pfoten und vier Köpfe

Aufgrund von *Kiras* Schilddrüsenüberfunktion waren wir anfangs Dauergast beim Tierarzt. Zunächst zweimal im Monat, dann einmal, als es ihr besser ging und schließlich, nachdem sie richtig eingestellt war, nochmals nach einem Vierteljahr musste sie dorthin. Anschließend nervten wir sie nicht mehr mit diesen lästigen Fahrten und den für alle Beteiligten gefährlichen Besuchen.

Dass Katzen nicht gerne Auto fahren, erwähnte ich bereits, dass meine liebe Schmusekatze aber zum Tiger wurde, sobald sie im Sprechzimmer des Tierarztes aus der Transportbox sollte, hätte ich niemals erwartet. Ohne eine leichte Narkose ließ sie sich weder untersuchen noch Blut abnehmen. Selbst meine Gegenwart beruhigte sie nicht. *Kira* war nicht wiederzuerkennen, wenn sie im Behandlungsraum ankam. Sie schien mindestens zwölf Pfoten mit jeweils ebenso vielen Krallen und vier Köpfe zu besitzen. Wie es dem Tierarzt und seiner Mitarbeiterin unter diesen Umständen gelang, ruhig zu bleiben, da sie stets in höchster Gefahr schwebten, gebissen oder gekratzt zu werden, ist für mich noch immer ein Rätsel.

Außerdem wirkte das Beruhigungsmittel meist gar nicht so gut, da die Tigerin sich so in Rage gebracht hatte, dass das Adrenalin in ihrem Körper sehr hoch war. Ob nochmals nachdosiert werden musste, kann ich nicht sagen, da ich nach dem ersten Tierarztbesuch mit dem rasenden „Kätzchen" immer sofort rausgeschickt wurde, wenn ich ihre Transportbox im Behandlungsraum abgestellt und der Mitarbeiterin gesagt hatte, warum *Kira* da war.

Abgesehen davon, dass jeder Tierarztbesuch mehrere hundert Euro verschlang, bedeutete er für den Veterinär und seine Helferinnen extreme Gefahr. Hinzu kamen der Stress der Fahrt und die enorme Anspannung, wenn sie sich in einen Tiger verwandelte. Als die Werte einigermaßen stimmten, ihre Symptome erträgliche Ausmaße zeigten und vor allem ihr Fressverhalten einer normalen Katze entsprach, beschlossen meine Mutter und ich sie nicht mehr dem Stress eines Tierarztbesuchs auszusetzen. Die Sache mit dem Haaren hatte sich zwar gebessert, wurde aber nie so normal, wie bei einer gesunden Katze.

Zum Glück war *Kira* nicht nachtragend, wenn wir mit ihr vom Tierarztbesuch nach Hause kamen. Niemals ließ sie ihren Frust an einem von uns aus. Sie zeigte uns weder die kalte Schulter oder ließ uns ihren hübschen Rücken bewundern. Sogleich war sie wieder das liebe, schnurrende Schmusekätzchen, das uns mit Hingabe um die Beine strich. Überhaupt war sie eine sehr ausgeglichene Katze, die, abgesehen von ihrer Krankheit, für jeden Anfänger geeignet gewesen wäre.

Noch heute frage ich mich, wie man ein solch liebes Wesen weggeben konnte. Wahrscheinlich lag es nur daran, dass *Kira* krank wurde und damit Kosten verursachte. Angeblich war sie von demjenigen, der sie ins Tierheim brachte, draußen gefunden worden. Sie sei seit mehreren Tagen herumgestreunt. Seltsam nur, dass *Kira* weder nach einer Streunerin aussah noch jemals ernsthaft versuchte, das Haus zu verlassen. Sie war und blieb bis zuletzt eine Hauskatze im wörtlichen Sinne. Ihren ehemaligen Besitzern wünsche ich, dass es ihnen nicht selbst einmal so ergeht, dass sie von ihrer Familie „entsorgt" werden, wenn sie alt und krank sind und womöglich Kosten verursachen.

Obgleich es meiner Mutter und mir nicht leicht fiel, die teuren Behandlungskosten aufzubringen, hätten wir uns niemals deswegen von einer solchen Katzenpersönlichkeit getrennt.

Wohin ist *Kira* verschwunden?

Eines Tages vermisste ich *Kira*. Sie lag weder auf der Couch im Wohnzimmer noch auf meinem Schreibtischstuhl, auf einem der drei am Küchentisch stehenden Stühle oder auf meinem Schreibtisch. Auch in ihrem körbchenähnlichen Kissen auf dem Speicher neben dem Kamin fand ich sie nicht. Und auf den Fliesen im Flur vor dem Ofen hatte sie sich auch nicht ausgestreckt. Ich durchsuchte jeden Raum vom Speicher bis zum Keller. Dabei rief ich nach ihr, doch kein einziges „Miau" drang an mein Ohr.

Nachdem ich jeden Lieblingsplatz nochmals kontrolliert hatte, gab ich resigniert auf. In Gedanken sah ich sie aus der Haustür oder durch ein offenes Fenster schlüpfen. Allerdings hatten meine Mutter und ich weder das einen och das andere geöffnet.

Verzweifelt betrat ich meine Küche. Wo sollte ich noch suchen? Da bewegte sich etwas Orangefarbenes auf der buchenfarbigen Arbeitsplatte in der Ecke. Ich traute meinen Augen nicht, als *Kira* sich ausgiebig reckte. Sie hatte wohl die ganze Zeit über in dem

91

Winkel hinter den beiden kleinen Bilderrahmen gelegen und ein ausgiebiges Nickerchen gemacht.

Erleichtert, sie endlich gefunden zu haben, schimpfte ich zwar mit ihr, aber mein Tonfall war alles andere als wütend. Als sie auf mich zukam, rieb sie ihr Köpfchen an mir, als wolle sie sagen: „Was regst du dich denn so auf? Ich war doch brav und habe wunderbar geschlafen."

Katzen können nicht fliegen!

Ende Oktober 2018, als die Abende langsam dunkler wurden, bot die Volkshochschule einen Kurs für Spiritualität an. Jede Woche gab es ein anderes Thema, zu dem die Kursleiterin zunächst informierte und anschließend eine Meditation leitete. Unter anderem fand dabei auch eine schamanische Reise in die untere Welt statt. Ich nahm gerne daran teil. Aber nicht nur mein Geist reiste, sondern auch der einer „Alten Seele".

92

Kurz nach meinem Eintritt in die untere Welt, zeigte sich mir jemand, den ich dort nicht vermutet hätte. Doch ich beginne am besten ganz von vorn.

Nach einer Dankes- und Reinigungszeremonie sucht man sich einen Platz im Raum, wo man eine Decke oder eine Matte auf den Boden legt. Darauf macht man es sich mit einem Kissen und einer Zudecke gemütlich. Wenn jeder es sich gemütlich gemacht hat, schaltet der Kursleiter den CD-Player an. Es folgt zunächst eine langsame Trommelfrequenz, während der jeder Teilnehmer sich gedanklich an einen Platz in der Natur begibt. Es kann ein real vorhandener oder ein imaginärer sein. Von dort tritt man – bei Reisen in die „Untere Welt" – in eine Höhle, schlüpft in einen Kaninchenbau, ein Loch in einem Baumstamm oder springt in einen Teich oder See – ganz wie es einem gefällt.

Ich bevorzuge es, in einen Tunnel neben einem mächtigen Baum ins Erdinnere zu gelangen. Dieser Tunnel hat zwar einen Betonboden, ist ansonsten aber ein bogenförmiger Gang, dessen Wänden und Decke man die Bearbeitungsspuren mit einem Werkzeug noch ansieht. Damit ich nicht im Dunkeln tappen muss, wird er von unsichtbaren Lichtquellen erleuchtet. Manchmal allerdings gibt es nur die Deckenrundung und eine Wand auf der rechten Seite als Begrenzung. Links des Weges befindet sich ein Handlauf, der aus hohlen Metallrohren besteht, die alle paar Meter durch senkrecht stehende gleich dicke Rohre mit dem Boden verbunden sind. Dahinter liegt ein wesentlich tieferer, hell beleuchteter Höhlenteil. Meist interessiert mich nicht, was sich dort befindet, denn mein Trachten richtet sich auf das Ende des Weges. Dort öffnet sich die Felswand in einen Durchgang. Was mich dahinter erwartet, ist jedes Mal eine andere Landschaft.

An jenem Abend betrat ich jenen zuletzt erwähnten Tunnel und wollte, wie ich es immer mache, schnell hindurchrennen. Doch diesmal stellte ich bereits nach wenigen Schritten fest, dass ich nicht allein war. Vor mir lief eine rot getigerte Katze. Abrupt blieb ich stehen, da ich meinen Augen nicht zu trauen schien. Auch die Katze hielt an und drehte sich zu mir um. Sie setzte sich hin und betrachtete mich mit ihren grünen Augen.

„*Kira*, bist du das?", fragte ich das Tier und starrte es an. Zwar hatte sie mich bereits an mehreren vorhergehenden Abenden während den Meditationen besucht, dennoch konnte ich ihre Anwesenheit noch immer nicht fassen.

„Ja, ich bin es", antwortete sie mir.

„Was machst du denn hier?"

„Ich begleite dich." Ihre Worte drückten eine Selbstverständlichkeit aus, die mich überraschte.

Ich wusste nichts mehr zu sagen, starrte sie nur an.

„Lass uns weiterlaufen und den Tunnel verlassen", schlug sie vor und setzte sich wieder in Bewegung.

Kopfschüttelnd folgte ich ihr. Dann schoss mir eine Frage in den Kopf, die mich brennend interessierte. „Ist es eigentlich für dich in Ordnung, dass ich dich *Kira* nenne, oder möchtest du anders angeredet werden?" Wenn ich jetzt nicht die Gelegenheit ergriff, wann bitte schön dann?

„Für dich bin ich *Kira*", bekam ich zur Antwort. Dies beruhigte mich einerseits, machte mir andererseits aber auch klar, dass sie ganz anders hieß. Gerne hätte ich ihren wahren Namen erfahren, doch in diesem Moment erreichten wir das Tunnelende und traten hinaus.

Vor uns lag ein von hohen Bergen eingeschlossener Talkessel. Es war Nacht, dennoch leuchteten die über uns stehenden Sterne hell genug, um den steinigen Grund und die schroff abfallenden Felswände erkennen zu können. Nur ein schmaler Pfad führte zwischen ihnen hinaus auf eine weite Ebene.

Nachdem wir dort angelangt waren, beschloss ich: „Ich werde *Isidor*, mein Krafttier, rufen." Gleichzeitig dachte ich ganz fest an seine Gestalt, die derjenigen des Drachen *Fuchur* in der „Unendlichen Geschichte" von Michael Ende entspricht. Im Gegensatz zu diesem ist *Isidor* allerdings nicht weiß, sondern braun.

Innerhalb von Augenblicken landete er vor uns.

„Wir sollten aufsteigen, *Kira*", merkte ich an, nachdem ich *Isidor* begrüßt hatte.

„Katzen können nicht fliegen!", behauptete sie und setzte sich

94

demonstrativ auf ihr Hinterteil. Sie schien zwar keine Angst vor dem Drachen zu haben, aber auch keine Lust, auf seinen Rücken zu klettern.

Beide Tiere beäugten sich aufmerksam, wobei sie mir nicht verrieten, was in ihnen vorging.

Vielleicht hatten sie eine gedankliche Aussprache geführt, denn kurz nachdem ich auf *Isidors* Rücken geklettert war, sprang auch *Kira* mit einem Satz hinauf. Sie landete vor mir im Nacken des Drachen. Dort setzte sie sich aufrecht und in Flugrichtung hin.

Nur wenige Augenblicke später hoben wir ab.

Normalerweise genoss ich den ruhigen Flug auf meinem Krafttier, selbst wenn wir etwas dicht über aktive Vulkane flogen, doch diesmal war von Stille keine Rede.

Die rote Tigerin musste sich wohl schon beim Abheben in Fell und Haut des Drachen gekrallt haben. Jedenfalls durfte ich einer lauten Diskussion der beiden Tiere beiwohnen.

„Du tust mir weh!", beschwerte sich *Isidor*. „Nimm gefälligst deine Krallen aus meinem Nacken!"

„Irgendwo muss ich mich doch festhalten", verteidigte sich *Kira*. „Ich möchte nicht herunterfallen. Zum einen machst du reichlich Wind mit deinen Flügeln, zum anderen bewegst du dich reichlich holprig vorwärts."

„Ich fliege, dazu muss ich die Flügel bewegen. Und was du Geholper nennst, ist mein Flugstil. Als Katze solltest du wissen, wie es aussieht, wenn Vögel fliegen. Schlagen sie etwa nicht mit den Flügeln? Ich dachte, allein deine Beobachtung dieser Tiere hätte dir gezeigt, wie das aussieht. Obwohl du selbst in diesem Leben keine selbst gefangen hast, solltest du dich doch an deine früheren erinnern, Tigerin."

„Katzen können nicht fliegen", entgegnete sie. „Wie soll ich da wissen, ob das alles stimmt, was du mir darüber erzählst? Wahrscheinlich machst du extra so viel Wind und schlängelst dich so unter mir."

„Ich …", wollte der Drache gerade aufbegehren, als ich ihm ins Wort fiel.

95

„Hört endlich auf euch zu streiten!" Dann wandte ich mich zunächst an *Kira*. „Meine kleine Tigerin, ich weiß dass du eine „Alte Seele" bist. Keine Katze vor dir hat mich jemals auf einer solchen Reise begleitet. Warum gibst du nicht zu, dass es dir gefällt, zu fliegen, wenn du es auch nicht selbst steuern kannst? Da hier alles möglich ist, könntest du dir einfach ein Kissen wünschen, auf dem du sitzt und in das du deine Krallen so genüsslich beim Treteln schlagen kannst. Mir ist nämlich aufgefallen, wie du leise vor dich hin schnurrst."

„Erwischt", flüsterte *Kira*. Sie drehte ihren Kopf und blickte mich mit einem Lächeln an. Im nächsten Augenblick erschien ein Kissen zwischen dem Nacken des Drachen und der Katze.

„Und nun zu dir, *Isidor*", richtete ich meine Aufmerksamkeit belustigt auf ihn. „Du genießt es doch auch, *Kira* deine Flugkünste vorzuführen. Und was ihre Krallen betrifft: Deine Haut ist so dick, dass du diese kleinen Einstiche nicht einmal spüren dürftest. Ansonsten hättest du ihr von dir aus schon längst ein Kissen angeboten."

„Erwischt!", gab nun auch mein Krafttier zu und kicherte gemeinsam mit der Katze.

Kurz darauf mussten wir bereits zurück, denn der Klang der Trommel veränderte sich.

„Ich fliege mit euch bis vor den Tunneleingang", schlug *Isidor* vor und drehte ab.

Wir landeten sachte in dem Tal, von dem *Kira* und ich aufgebrochen waren. Schnell verabschiedeten wir uns von dem Drachen, denn die Schläge der Trommel wurden eindringlicher.

Noch ehe *Isidor* abhob, huschten die Katze und ich in den Tunnel. *Kira* lief noch ein Stück mit mir, ehe sie sagte: „Wir sehen uns zuhause. Bis gleich." Dann verschwand sie so plötzlich, wie sie erschienen war.

Den restlichen Weg rannte ich allein zurück, bis ich mit dem letzten Trommelschlag wieder an meinem Baum ankam.

Als ich in die Wirklichkeit zurückkehrte, konnte ich nicht fassen, welches Geschenk mir *Kira* gemacht hatte.

96

Daheim angekommen, war ich doch etwas erstaunt, die kleine Tigerin auf dem Bauch meiner Mutter liegend vorzufinden.

Wir knipsten uns jeweils mit einem Auge zu. Dann erzählte ich meiner Mutter von diesem einmaligen Erlebnis.

Ich schleiche mich an eine Katze an

Ich habe es bisher noch nie geschafft, mich an eine Katze anzuschleichen, doch bei *Kira* gelang es mir. Beabsichtigt hatte ich es allerdings nicht, trat ich doch genauso laut wie immer auf. Eher zufällig stellte ich fest, dass mir dies gelang. Kam ich von hinten auf sie zu, wandte sie sich nicht zu mir um, wie ich es von allen bisherigen Katzen in unserem Haushalt gewohnt war. Dennoch erschreckte sie sich auch nicht, weshalb mir zunächst gar nicht

97

bewusst war, dass mit ihrem Gehörsinn etwas nicht stimmte. Da ihre anderen Sinne gut funktionierten, bemerkte sie sehr wohl, dass ich mich näherte. Allein die Schwingungen der Bretter des Holzbodens, der im Obergeschoss fast in allen Räumen und im Flur verlegt war, verrieten ihr, dass sich jemand näherte. Katzenpfoten können Schwingungen sehr gut wahrnehmen.

Im Zusammenhang mit dem Schrecken, welchen sie mir an jenem 28. November 2018 einjagte, überprüfte der Tierarzt ihre Innenohren. Dabei stellte sich heraus, dass sie ein Gewächs in einem Gehörgang hatte, welches diesen vollständig verschloss. Es wurde zwar entfernt, änderte aber nichts an ihrer Taubheit auf diesem Ohr. Wahrscheinlich hatte sie die gutartige Wucherung schon seit langer Zeit, konnte damit als Wohnungskatze aber hervorragend leben.

98

Kiras Heimgang auf die endlosen Steppen

Kira befand sich etwas mehr als ein Jahr bei uns, als ich sie am Morgen des 28. Novembers 2018 völlig orientierungslos im Wohnzimmer antraf. Sie schlief dort immer auf ihrer zusammengefalteten Decke auf der Couch. Sonst kam sie mir stets mit hoch erhobenem Schwanz bereits im Flur entgegen. Meist wünschte sie mir einen guten Morgen und erzählte – wie es ihre Art war – auch so einiges in ihrer eigenen Sprache. Deshalb wusste ich zunächst auch gar nicht, warum sie ständig im Kreis lief und weder auf meine Stimme noch auf meine Person reagierte.

Plötzlich ging mir ein Licht auf: *Kira* war blind und taub. Ich atmete ein paar mal tief durch und entschloss mich dann, sie zu ihren Schüsseln zu führen. Da sie es noch nie gemocht hatte auf den Arm genommen zu werden, wollte ich sie damit nicht auch noch überfordern. Ich wusste ja nicht, wie sie reagieren würde. In dieser Situation hieß es Ruhe bewahren und der Katze ein Gefühl der Sicherheit geben. Zunächst hielt ich ihr meine Hand vor die Nase, da ich hoffte, dass ihr Geruchssinn nicht geschädigt war. Als ich an ihrer Reaktion merkte, dass sie mich erschnüffelt hatte, lenkte ich sie mit beiden Händen in den Flur bis zu ihrem Nassfutter und dem Wassernapf. Zum Glück fraß und trank sie. Nachdem sie aufgefressen hatte, dachte ich, es wäre auch an der Zeit, dass sie ihre Toilette aufsuchte, woraufhin ich sie dorthin manövrierte. Doch dieses Bedürfnis schien sie nicht zu verspüren. Also führte ich sie zurück ins Wohnzimmer bis vor die Couch. Dort schaffte sie es sogar mit Hilfe ihrer Tasthaare und ihres Geruchssinns, das Möbelstück zu erkennen und hinaufzuspringen. Tretelnd und schnurrend rollte sie sich auf ihrer Decke zusammen und ruhte sich erst einmal aus.

Sobald die Tierarztpraxis erreichbar war, rief ich dort an und schilderte das Verhalten von *Kira*. Einen Termin konnte ich zwar so schnell nicht bekommen, dafür bot die Tierarzthelferin mir an, in die offene Sprechstunde zu kommen.

Beim Besuch in der Praxis hatte ich das Glück, auf eine sehr engagierte und erfahrene Tierärztin zu treffen. Sie untersuchte die sich seltsamerweise gar nicht in eine Tigerin verwandelnde *Kira* gründlich.

„Wahrscheinlich handelt es sich um einen Gehirntumor, der sowohl aufs Seh-, wie auch aufs Hörzentrum drückt", eröffnete sie uns. „Wenn Sie eine genaue Diagnose haben wollen, müssen sie in eine Tierklinik fahren und ein CT machen lassen. Die Kosten betragen etwa 600,- Euro. Allerdings ist ein solcher Tumor inoperabel. Es gibt aber eine Möglichkeit, mit der wir feststellen können, ob ich mit meiner Diagnose richtig liege. Ich könnte ein Kortisonpräparat mit einer Depotwirkung spritzen. Dies hält vierzehn Tage vor. Bessern sich Seh- und Hörfähigkeit schnell wieder und tritt nach zwei Wochen der jetzige Zustand erneut ein, wissen wir, dass es sich um eine Geschwulst im Gehirn handelt."

Wir gaben unser Einverständnis und es trat genau das ein, was die Ärztin vorausgesagt hatte. Im Tagesverlauf kamen Seh- und Hörvermögen zurück und die Orientierungslosigkeit verschwand. Dieser Zustand hielt genau bis zum 16. Dezember an.

Am Morgen des 17. Dezembers 2018 fand ich *Kira* im gleichen Zustand vor wie am 28. November. Damit war klar: Die rote Tigerin litt unter einem Gehirntumor.

Meine Mutter und ich fuhren, sobald die Tierarztpraxis geöffnet hatte mit *Kira* dorthin, in dem Wissen, dass wir sie auf die „weiten Ebenen" entlassen mussten.

Da wir erneut auf die Ärztin trafen, die den Versuch mit dem Kortison-Depot vorgeschlagen hatte, brauchten wir keine großen Erklärungen abzugeben. Weil *Kira* zusätzlich auch noch hinten stark eingefallen und trotz des häufigen Trinkens recht ausgetrocknet war, gab es keine andere Möglichkeit mehr, als sie von ihrem Leiden zu erlösen.

Bis sie einschlief, blieb ich bei ihr und redete mit ihr.

Bei keiner der Katzen, die mein Leben begleitet haben, fiel mir der Abschied so schwer und ich trauerte lange um diese so außergewöhnliche Seele. Das muss sie wohl gespürt haben, denn noch einmal zeigte sie sich mir im Januar 2019 bei einer Reise in die „Untere Welt" ganz kurz. Dort verabschiedeten wir uns voneinander,

100

indem wir uns zuwinkten.

Ich denke, sie wollte mir zeigen, dass es ihr da, wo sie hingegangen war, so gut wie nie ging. Ihr Fell glänzte, ihr Leib sah gut genährt aus, ihr Atem ging ganz normal und ihre Augen strahlten.

9. Kapitel: Luna

Lunas Facetten

Ich lebe nun schon lange
in diesem tollen Haus.
Vorher war mir oft bange,
das heilte rasch hier aus.

Ich hatte viele Ängste,
die ich bald überwand.
Sie hatten wohl die längste
Zeit mich in der Hand.

Heut' bin ich ausgeglichen
und die Königin daheim;
komm' kaum noch angeschlichen;
ich herrsche insgeheim.

Ist mir mein Personal
zu Diensten nicht sogleich,
versprüht mein Pipistrahl
Protest quer durch mein Reich.

Das Personal darf putzen –
es ist doch selber schuld!
Ich muss zurecht es stutzen,
eh' ich gewähre Huld.

Danach werd' ich zum Schmuser,
dem niemand widersteht.
Keiner wird hier zum Loser
wie ihr am Ende seht.

Wie und warum *Luna* zu uns kam

Im Frühjahr 2019 rief mich meine Schwester Michaela an, ob wir bereit wären, eine Katze in Pflege zu nehmen. Sie würde im Tierheim die Mitarbeiter von hinten anspringen und dabei ihre Krallen in deren Waden schlagen oder mit diesen deren Knöchel attackieren. Im Vorstand gingen sie davon aus, dass das Tier gestresst wäre und deshalb so handeln würde.

So schlimm kann das ja wohl nicht sein, dachte ich mir. *Wahrscheinlich mag die Katze den ständigen Personalwechsel nicht. Vielleicht ist sie so sensibel, dass auch der Geruch und die Geräusche der anderen Katzen sie stressen. Wenn sie bei uns zur Ruhe gekommen ist, würde sich das schon legen.*

Nach einem Gespräch mit unserer Mutter, holten wir am 28.04.2019 *Luna* aus dem Tierheim ab. Doch, ganz so einfach, wie wir uns das vorgestellt hatten, war das nicht. Aus dem Vorhaben, sie mal eben in die mitgebrachte Transportbox zu stecken, wurde eine längere Jagd durch den ganzen Raum. Kaum glaubten wir sie in eine Ecke gedrängt zu haben, flutschte sie an uns vorbei. Sie drückte sich durch den engsten Spalt oder sprang plötzlich über einen der vielen Einrichtungsgegenstände. Zusätzlich behinderten die vielen Lappen und Decken, die auf jeder freien Fläche herumlagen. Ich frage mich noch heute, welche enormen Kosten allein der Austausch dieser Stoffstücke im Jahr verursachen. Schließlich füllte allein die Menge in diesem Zimmer bestimmt eine halbe Waschmaschinentrommel.

Zum guten Schluss schafften wir es, die schwarze Katze in ein mit zwei Eingängen versehenes Teil eines ehemaligen Kratzbaumes einzusperren. Die Löcher versperrten wir – bis auf jeweils einen winzigen Schlitz – mit einem Liegebrett des Baumes und einem Kratzbrett. Dann trugen wir diese Behelfstragebox schnell ins Auto und schnallten sie fest. Außerdem luden wir eine ihrer „Höhlen" in Form eines Fliegenpilzes, eine Kratztonne und einige Tütchen und Dosen ihres gewohnten Futters sowie etwas Spielzeug in meinen kleinen Hyundai i10. Zusätzlich stopften wir die leere – für den schwarzen Panther wesentlich bequemere – Transportbox noch

105

hinein. Ich muss dazu sagen, dass letztere eine Ausführung für eine recht große Katze (wie z. B. eine Norwegische Waldkatze o. ä.) ist.

Nachdem auch die Formalitäten erledigt waren, konnten meine Mutter und ich uns endlich auf den Heimweg machen. Uns stand eine Fahrt von fast einer Stunde bevor, in der wir eine ständige Unterhaltung mit der Katze führten. Hinzu kam, kaum, dass wir losgefahren waren, ein „betörender" Geruch. Bei unserer Ankunft zuhause sollte sich herausstellen, dass es sich dabei nicht um den gefürchteten Haufen, sondern um Urin handelte.

Da ich das improvisierte Transportbehältnis schlecht allein unsere sehr steile und enge Treppe hinauftragen konnte, entschlossen wir uns, *Luna* unten im Flur herauszulassen. Zuvor schlossen wir alle Türen, damit ihr nur die Möglichkeit blieb, nach oben zu laufen.

Es dauerte einige Zeit, die Klebestreifen, mit denen das Kratzbrett an dem Teilstück des ehemaligen Kratzbaumes befestigt war, zu lösen, indem wir die Bänder durchschnitten. Sobald wir das Brett wegnahmen, rechneten wir damit, dass der Panther herausstürmen und als ein schwarzer Strich an uns vorbei die Treppe hinaufsausen würde. Doch dem war nicht so. *Luna* blieb erst einmal, wo sie war: in ihrer sicheren Höhle.

Erst nach einiger Zeit traute sie sich heraus und lief geduckt hinauf in die erste Etage. Dort hatte ich ihr bereits frisches Wasser hingestellt und jeweils einen Napf mit Trocken- und Nassfutter gefüllt.

Auch das hinter dem Vorhang unter der Speichertreppe befindliche Katzenklo hatte ich mit Pellets ausgestreut. Diese länglichen, aus Sägemehl gepressten Holzteilchen hatte ich bisher bei allen Katzen verwendet. Später sollte sich herausstellen, dass „Madame" *Luna* die eigentlich zum Heizen verwendeten Teile nicht so gerne mochte. Aber auch Einstreu aus mit einem Duft versehenen Altpapierstreifen fand nicht ihre Zustimmung. Diese hatte ich bei ihrer Vorgängerin *Kira* eine Zeit lang in der offenen Katzentoilette verwendet, welche auf dem Speicherflur stand. Das Papiereinstreu hätte ich, ehrlich gesagt, ebenfalls nicht gern benutzt, denn es roch selbst für meine Menschennase sehr stark. Wenngleich dieses Organ bei mir auch

106

sehr geruchsempfindliche ist, so muss der Duft für Katzen wahrhaft überwältigend sein. Erst, als ich kleinere Pellets einfüllte, die als Streumaterial für Nager vorgesehen waren, benutzte sie das Klo recht gerne.

Im Nachhinein kann ich sie sogar verstehen, denn für die empfindsamen Katzenpfoten sind die extra abgerundeten kleineren Pellets viel besser geeignet.

Zunächst jedoch verschwand *Luna* erst einmal hinter dem Vorhang und anschließend auf dem Speicher. Da ich dort die offene, mit Pellets bestückte Toilette aufgestellt hatte, machte ich mir über diesen Aspekt keine Sorgen. Ich sagte mir: Wenn sie Hunger oder Durst bekommt, wird sie schon herunterkommen und sich bedienen. Die erste Zeit tat sie das auch immer etwas heimlich und verstohlen, bis sie sich traute, offen an ihre Näpfe zu gehen.

Hilfe, der Panther fällt wahrhaftig Menschen an

Hatte ich zunächst noch gedacht, dass die von den Tierheimmitarbeitern geschilderten Angriffe nun vorbei wären, da *Luna* bei meiner Mutter und mir in einem ruhigen Zuhause leben konnte, stellte ich bereits nach zwei Tagen fest, dass dem nicht so war.

Ich saß ruhig auf der Couch im Wohnzimmer und las in einem Buch. *Luna* setzte sich mit weit geöffneten Pupillen und auf einen Punkt starrend vor das Möbelstück. Ihr Schwanz schlug hin und her, während sie kurze Miau-Laute ausstieß. Diese seltsamen Töne hatte ich bei einer Katze bisher noch nie vernommen, weshalb ich damit nichts anfangen konnte. Allerdings gefiel es mir gar nicht, dass sie wütend zu sein schien. Ich hatte sie weder geärgert, noch waren Wasser- und Trockenfutternapf leer.

Ehe ich begriff, was sie vor hatte, sprang sie aus dem Sitz hoch und erwischte mit ihren Krallen meinen linken Arm und die Hand. Noch im Sprung drehte sie sich und landete wieder auf dem Boden. Dann raste sie davon.

Luna war so schnell wieder aus dem Raum verschwunden, dass ich ihr mein Geschimpfe nur hinterherrufen konnte. Dennoch hatte ich mitbekommen, dass sie die Speichertreppe hinaufgerannt war.

Zum Glück trug ich ein langärmeliges Oberteil, das mich vor schlimmeren Verletzungen als einigen Kratzern bewahrte. Ich versorgte die – zum Glück – nur oberflächlichen Wunden und setzte mich, nun wachsam geworden, auf die Couch. Doch ein neuerlicher Angriff blieb aus.

Die nächsten Attacken kündigte sie mit den gleichen seltsamen Verhaltensweisen an: weit geöffnete Pupillen, Starren auf einen Punkt, viele kurze Miau-Laute hintereinander und mit dem Hin- und Herschlagen des Schwanzes im Sitzen. Hinzu kam, dass sie nicht ansprechbar war und keine Reaktion auf lautes Händeklatschen, Anschreien oder ihren Namen zeigte. Bevor es allerdings zu einem Angriff kam, habe ich sie immer wieder in die Wirklichkeit zurückholen können. Dafür habe ich mit den Füßen aufgestampft, was bei den Holzböden in meiner Wohnung für starke Vibrationen sorgte. Außerdem habe ich – wenn ich es irgendwie in Richtung Bad oder Küche schaffte – den Wasserhahn aufgedreht und ihr einige Wassertropfen von oben, ohne, dass sie die Herkunft zuordnen konnte, aufs Fell getropft.

Bei den ersten Anzeichen, dass sie wieder zu sich zurück fand, klatschte ich noch ein paar Mal in die Hände und schrie sie abermals an. Das katapultierte sie dann vollends in die Wirklichkeit zurück. Von einem zum anderen Moment verwandelte sich der Panther in eine „normale" Hauskatze.

Abgesehen von diesen Aussetzern gab es noch eine Variante, welche weniger gefährlich, aber dennoch schmerzhaft war.

Mit Vorliebe kam sie plötzlich von hinten und umklammerte mit beiden Vorderpfoten meine Fußgelenke. Hätte sie die Krallen dabei nicht ausgefahren, wäre diese Verhaltensweise für mich noch wesentlich angenehmer gewesen. Wahrscheinlich hätte ich dies als eine Art Spiel betrachten können. Doch jedes Mal kleinere Verletzungen, selbst durch die Socken hindurch, davonzutragen, fand ich gar nicht mehr spaßig. Vor ihren extrem langen Krallen schützte meine Haut nur eine größere Stoffmenge – Leggings, darüber die Schäfte der Strümpfe und eine Trainingshose. Doch manchmal reichte selbst dieser Lagenlook nicht einmal aus.

Der zweite, ernste Angriff erfolgte am 16.05.2019 zwischen 18.00 Uhr und 19.00 Uhr. Ich lag, ein Buch lesend, auf der Couch und hatte nur aus dem Augenwinkel mitbekommen, dass etwas Schwarzes neben mir auf dem Boden saß. Wieder stieß sie diese seltsamen Miau-Laute aus, starrte mit extrem weit geöffneten Pupillen ins Nichts, schlug im Sitzen mit dem Schwanz und war nicht ansprechbar.

Im nächsten Moment sprang sie mich an. Diesmal erwischte *Luna* meine rechte Hand und den Arm. Und wieder einmal war sie verschwunden, ehe ich recht begriff, was gerade geschehen war.

Lauthals schimpfend stand ich auf und versorgte die Kratzer.

Von der Katze bekam ich nicht einmal das Schwanzende zu sehen.

Zwischen dem 16. Mai und dem 03. Juni hatte sie des Öfteren die bereits oben beschriebenen Symptome, welche eine Attacke ankündigten, ich sie aber mit den bekannten Hilfsmitteln wieder zu sich bringen konnte.

Ich hatte keine Ahnung, was oder ob es überhaupt einen Auslöser für ihr Verhalten gab. Auf jeden Fall war ich gewarnt und hielt stets nach Anzeichen bei ihr Ausschau.

Am 03.06.2019 jedoch verhielt sie sich anders. Wieder einmal lag ich auf der Couch. Es war bereits 20.45 Uhr und ich telefonierte gerade mit meiner Schwester. Wieder setzte sich *Luna* mit weit geöffneten Pupillen und auf einen Punkt starrend vor das Möbelstück. Diesmal jedoch blieb ihr Schwanz ruhig und auch die typischen Miau-Laute erklangen nicht. Daher rechnete ich nicht mit einem Angriff. Dennoch hatte ich ein Auge auf sie.

Plötzlich sah ich etwas Schwarzes auf mich zu fliegen. Instinktiv griff ich mit einer Hand nach einem Sofakissen. Meine Reaktion erfolgte keine Sekunde zu früh, denn im nächsten Augenblick spürte ich, wie etwas mit Schwung gegen mein „Schutzschild" prallte. Erschrocken unterbrach ich mein Telefonat und sah nur noch, wie *Luna* wieder auf dem Boden aufkam und aus dem Zimmer raste. Fast hätte sie die Kurve nicht bekommen, ein solches Tempo hatte sie drauf. Wieder rannte sie auf den Speicher.

Ganz perplex legte ich das Kissen wieder an seinen Platz zurück und erklärte meiner Schwester, was gerade passiert war. Dann erst wurde mir bewusst, welcher Katastrophe ich durch mein schnelles Handeln ich gerade entgangen war. Und genau das sagte ich Michaela dann auch. „*Luna* wäre mir doch glatt ins Gesicht gesprungen." Wir waren beide geschockt.

Am nächsten Tag, dem 04.Juni, gegen 15.20 Uhr wiederholte sich die gleiche Szene nochmals. Wieder telefonierte ich mit meiner Schwester und wieder sprang *Luna* mich unvermittelt und ohne Vorwarnung an. Erneut rettete mich nur das besagte Sofakissen vor Verletzungen.

Diesmal besprachen meine Schwester und ich uns, ob diese Katze wohl ein Problem mit dem Telefon hatte. Vielleicht reagierte sie empfindlich auf die Strahlung oder sie verstand nicht, woher die zweite Stimme kam, da sie nur eine Person – nämlich mich – sehen konnte. Zu einem Ergebnis gelangten wir dennoch nicht.

In den nächsten Tagen gab es noch einige Attacken, bei denen ich mal schnell genug, mal zu langsam auf ihre Warnungen einging oder es nicht schaffte den Panther vor der Umklammerung eines meiner Fußgelenke zurück in eine Hauskatze zu verwandeln.

Danach machten meine Mutter und ich uns Gedanken, ob wir etwas tun könnten, um *Luna* zu helfen und vor allem, um mich nicht mehr zu gefährden. Zwar umklammerte sie auch schon mal ein Fußgelenk meiner Mutter, aber die Angriffe, bei denen sie einen ansprang, unterblieben bei ihr.

Es dauerte noch bis 19. Juni, bis ich auf die Idee kam, bei ihr Orgon

110

einzusetzen.

Orgon ist ein Begriff für allgemeine Lebensenergie, die Dr. Wilhelm Reich so benannte. Er entwickelte spezielle Gerätschaften, die er in seiner Praxis einsetzte. Mittlerweile gibt es mehrere Firmen, die auf dieser Basis Geräte weiterentwickelt haben. Eines zum Hausgebrauch steht auch mir seit einigen Jahren zur Verfügung.

Da alles aus Schwingung besteht, und das Gerät diese übertragen kann, versuchte ich es damit. Ich nahm ein paar herumliegende Haare von *Luna*, griff zum Pendel und testete aus, was ihr helfen könnte.[6]

Es stellte sich heraus, dass sie in Resonanz zu den Raten für Verlustangst, Hornhautentzündung, Katzenekzem + Rate Heilwasser, Flohabwehr, Herpesviren und Trauma Relicf[7] stand. Diese strahlte ich ihr nun täglich ein. Dennoch verging einige Zeit, bis eine Veränderung ihres Verhaltens einsetzte.

Der 20. Juni war ein Tag, an dem *Luna* es mit ihren Angriffen übertrieb, denn gleich dreimal, nämlich morgens, nachmittags und zuletzt abends gegen 19.30 Uhr sprang sie nach meinem Arm. Diesmal saß ich jeweils am Schreibtisch und tippte etwas in den PC, als sie sich leise anschlich. Ich bekam erst mit, dass sie neben mir saß, als sie viele kurze Miau-Laute hintereinander ausstieß. Erschrocken blickte ich sie an. Mit den typischen Anzeichen wie bereits beschrieben, hockte sie abwesend neben mir. Leider schaffte ich es weder aufzuspringen, in die Hände zu klatschen, sie anzuschreien oder ihr auszuweichen, ehe sie hochschnellte. Zum Glück hatte sie es stets nur auf meinen Arm abgesehen, der nur einmal einige Kratzer von ihren messerscharfen Krallen abbekam, da ich ein langärmeliges Oberteil trug.

Die vorletzten Angriffe erfolgten am 17. August um 8.15 Uhr und 18. August um 10.00 Uhr mit allen geschilderten Vorzeichen.

---

[6] Ich stelle hier eine gekürzte Version dar. Zu dem genauen Ablauf informieren Sie sich bei Interesse bitte anderweitig.

[7] heilt seelische Wunden aus dem jetzigen und früheren Leben

Am 23. August 2019 um 8.30 Uhr musste ich die letzte Umklammerung mit Ankündigung ertragen. Dabei umschlang sie, von hinten kommend, meine rechte Fessel mit beiden Vorderpfoten mit ausgefahrenen Krallen. Erst, als sie mich wieder losließ, erfolgten die Zeichen für die Ankündigung eines Angriffes. Alles Händeklatschen, Aufstampfen mit den Füßen und Anschreien half nichts. Diesmal jedoch gelangte ich schnell genug zum Waschbecken und konnte das Wasser aufdrehen. Mit einigen Wassertropfen von oben, bei deren Anwendung ich darauf achtete, dass sie sie nicht mit mir in Verbindung brachte, wehrte ich diesen ab. Gleichzeitig brachte ich sie damit wieder zu sich.

Mir kam es zwar seltsam vor, dass sie an diesem Tag die Reihenfolge gewechselt hatte, doch da sie in Zukunft von diesen Aussetzern geheilt war, machte ich mir darüber keine allzu großen Gedanken.

Bis zuletzt ließ sie zwar nicht ganz von der Umklammerung meiner Fesseln mit ihren Pfoten ab, unterließ es aber dabei ihre Krallen einzusetzen. Außerdem schien sie diese Marotte für ein amüsantes Spiel zu halten. Doch dazu später mehr.

Fesseln umklammern macht der *Luna* Spaß

Eine Leidenschaft, die weder meiner Mutter noch mir sonderlich gefiel, war das Umklammern einer Fessel mit zwei Pfoten. Abgesehen davon, dass *Luna* dieses Spiel in der Hauptsache dann betrieb, wenn ich den oberen Flur entlang ging, gab es auch einige Male, an denen sie plötzlich in einem Raum hinter mir stand. Bei meiner Mutter hat sie es nur einmal ausprobiert. Wahrscheinlich hatte sie mehr Respekt vor ihr oder es machte nicht so viel Spaß.

Zum Glück hatte sie sich weitgehend abgewöhnt, ihre Krallen auszufahren, wenn sie sich diese Frechheit herausnahm. Allerdings kam es hin und wieder einmal vor, dass sie dies vor lauter Eifer vergaß, dennoch war es nicht böse gemeint und schon gar nicht als Angriff zu werten.

Ihre Vorgehensweise im Flur war ganz einfach. *Luna* versteckte sich hinter dem bis kurz über dem Boden hängenden Vorhang und wartete darauf, dass ich dort vorbeiging. Im entscheidenden Moment stürmte sie hervor und legte für einen kurzen Augenblick beide Vorderpfoten von hinten um einen meiner Knöchel. Ehe ich losschimpfen konnte, ließ sie bereits wieder los und sauste in ihr Versteck zurück, ins Wohnzimmer oder die Treppe hinunter. Dennoch rief ich ihr meist belustigt nach: „*Luna*, du kleines Biest! Warte nur, wenn ich dich erwische!"

Dass ich ihr dieses Vergnügen meistens gönnte, schien sie genau zu wissen.

Manchmal jedoch trieb sie es zu bunt. Heute sage ich mir, dass sie ja irgendwie ihren Jagdtrieb ausleben musste, zumal sie lange keine Anstalten machte, für längere Zeit hinaus zu wollen. Damals jedoch empfand ich es als nervig, wenn sie dieses Spiel fünf- bis sechsmal hintereinander spielte. Dabei kam ich nicht nur einmal ins Stolpern.

Wenn sie gar nicht aufhören wollte, ärgerte ich sie, indem ich hinter den Vorhang guckte und zu ihr sagte: „Hab' ich dich erwischt!" Dann bewegte ich den Stoff derart, dass sie eine Ecke dazu animierte, ihre Krallen hineinzuschlagen. Meist war sie so für eine Weile abgelenkt und kam anschließend wieder zurück ins Wohnzimmer, um sich hinzulegen.

Luna ist nicht mehr auffindbar

Wenn eine Freigänger-Katze bei jemandem einzieht, soll man sie mindestens vierzehn Tage im Haus behalten, ehe man ihr den ersten und möglichst vom „Personal" begleiteten Ausgang erlaubt. Genauso wollte ich es auch mit *Luna* halten. Doch bei ihr beschloss ich, aufgrund ihrer Schreckhaftigkeit noch eine Woche draufzurechnen.

Doch dann kam der Tag, als meine neue Kühl-Gefrierkombination geliefert wurde. Ich hatte für den Tausch der Geräte – das defekte sollte von der Spedition mitgenommen werden – alles gut vorbereitet. Tisch und Stühle in der Küche hatte ich zur Seite geschoben, den Schuhschrank aus dem Flur ins Wohnzimmer verbannt, da er den Durchgang versperrte und das Altgerät von seinem Platz neben der Küchenzeile vor die Tür zum Büro verfrachtet. *Luna* wähnte ich auf dem Speicher, denn dorthin verschwand sie immer, sobald sie die Türklingel hörte.

Als ich die Mitarbeiter der Spedition herein ließ, schloss ich hinter ihnen die beiden Haustüren mit dem Hinweis, dass meine Katze nicht entwischen durfte. Auch, nachdem die Frau und der Mann mit dem defekten Kühl-Gefrierschrank das Haus verlassen hatten, machte ich hinter ihnen die Haustüren sofort wieder zu. Ich war mir sicher, alles dafür getan zu haben, dass *Luna* keine Fluchtmöglichkeit erhalten hatte.

Zunächst machte ich mir keine Sorgen über ihr Ausbleiben, wenngleich sie bis zum Mittag noch nicht wieder aufgetaucht war und ungefähr drei Stunden seit dem Aufstellen des Gerätes vergangen waren. Als *Luna* aber gegen dreizehn Uhr immer noch nicht zu sehen war, suchte ich sie zunächst auf dem Speicher.

Sie lag nicht in auf dem Kissen, welches sich neben dem Schornstein am Treppenaufgang befand. Daraufhin schob ich die MDF-Platte zur Seite, welche dafür sorgte, dass die lose Tür vor dem Drempel[8] nicht umfiel. Mein Blick zwischen die Kartons mit der Weihnachtsdeko blieb ebenfalls erfolglos. *Luna* hatte sich dort nicht versteckt.

Vielleicht, so dachte ich, *ist sie durch den Spalt zwischen Trennwand und Dachschräge geschlüpft.*

Ich öffnete also die Tür zum zweiten Flur und sah mich dort und in dem dahinterliegenden Zimmer um. Aber auch dort fand ich keine Katze.

Mein nächster Gedanke war, dass sie vielleicht in den Keller geflüchtet sein könnte. Obwohl mir meine Mutter versicherte, die Tür an diesem Morgen noch nicht geöffnet zu haben, stieg ich hinunter und rief nach ihr. Dass sie ohnehin nicht antworten würde, vergaß ich in meiner Angst völlig.

---

[8] Drempel = Mauerstück oberhalb des Speicherfußbodens auf dem die Balken des Daches aufliegen

Erfolglos kehrte ich wieder ins Erdgeschoss zurück und suchte in beiden Wohnungen in sämtlichen Zimmern alle Winkel, Ecken und Versteckmöglichkeiten ab. Doch *Luna* schien, wie vom Erdboden verschluckt zu sein.

In mir setzte sich die Befürchtung fest, dass sie zwischen den Beinen der Speditionsmitarbeiter hinausgeschlüpft war. So machte ich mich, laut *Lunas* Namen rufend, erst im Garten, dann in der Nachbarschaft auf die Suche. Zwei meiner Nachbarn bat ich, ihre Garagen und Schuppen zu überprüfen, ob die panische Katze darin Zuflucht gesucht hatte. Außerdem versprachen sie mir, die Augen offen zu halten und mir Bescheid zu geben, wenn sich eine schwarze Katze ohne Brustfleck sehen ließ. Ich machte sie besonders auf diesen Unterschied aufmerksam, da seit einiger Zeit eine solche mit einem weißen Flecken öfters in der Gegend herumstromerte.

Als ich ins Haus zurückkehrte, suchte ich nochmals alle Räume nach *Luna* ab, doch sie blieb verschwunden.

In meinem Kopf rasten die Gedanken: *Was, wenn sie irgendwo bei einem Nachbarn eingesperrt ist, bei dem ich noch nicht nachgefragt habe? Ist sie bereits auf dem Weg zurück zum Tierheim? Welche Gefahren lauern draußen auf sie?*

Obgleich auch meine Mutter sich Sorgen machte, meinte sie: „Sie wird schon wieder auftauchen."

Ich weiß nicht, wie oft ich an diesem Nachmittag nach unten gegangen bin, um dort sämtliche Außenfensterbänke zu kontrollieren und vor der Haustür nachzusehen, ob *Luna* nicht dort wartend saß. Auch vom Balkon aus verschaffte ich mir einen Überblick. Vielleicht hätte ich sie von oben irgendwo entdecken können.

Gegen 16 Uhr quetschte sich zwischen Küchenzeile und Kühl-Gefrierkombination etwas Schwarzfelliges durch. Mir fiel ein Felsblock von Sorgen vom Herzen.

„Wo kommst du denn her, *Luna*?", fragte ich sie und gab ihr auf den Schrecken erst einmal etwas zu fressen. „Hast du die ganze Zeit unter der Küchenzeile gehockt? Warum hast du mir nicht geantwortet, als ich dich gerufen habe?"

Sogleich sorgte ich durch Heranrücken der Kühl-

115

Gefrierkombination dafür, dass *Luna* nicht mehr unter die Küchenzeile gelangen konnte. Die seitliche Öffnung unterhalb des äußeren Schrankes der Küchenzeile war somit katzensicher verschlossen.

Lunas Fressgewohnheiten

Von den Tüten und Schalen, welche ich als Erstausstattung vom Tierheim mitbekommen hatte, probierte ich bei *Luna* alle Sorten durch. Schließlich stellte sich heraus, dass sie die Eigenmarke eines großen Lebensmittelunternehmens bevorzugte. Doch ganz so einfach, wie sich das anhört war es dann doch nicht. Zunächst war die Auswahl noch relativ groß. Da gab es die folgenden Zusammenstellungen dieser Marke:

116

Feine Häppchen in Sauce	Genießer Menü
- Rind und Hähnchen	- mit Truthahn und Lamm
- Gans und Leber	- mit Ente und Pute
- Kalb und Lamm	- mit Kalb und Hähnchen
- Kabeljau und Forelle	- mit Geflügel und Leber

Feine Häppchen in Sauce	Genießer Menü
- mit Rind in Sauce	- mit Kabeljau
- mit Geflügel in Joghurtdressing	- mit Makrele
- mit Huhn in Sauce	- mit Scholle
- mit Lachs in Kräuter-Sahnesauce	

Genießer Menü
- mit Ente in Zucchini-Creme

Für mich hieß das: Bei den Zusammenstellungen bei denen ich alle vier verschiedenen Sorten aufgelistet habe, fraß sie alle in den Kartons vorhandenen Schälchen leer. Von den beiden „Genießer Menüs" mit nur einer oder drei Geschmacksrichtungen mochte sie nur die angegebenen. Die restlichen Schalen gab ich an meine Schwester weiter, die bei ihren Katzen immer Abnehmer fand.

Nach einiger Zeit jedoch mochte *Luna* immer weniger Sorten dieser Marke. Daraufhin kaufte ich bei einem Drogeriemarkt die Eigenmarke. Auch hier erging es mir ähnlich.

Aus diesem Grund versuchte ich es mit den Eigenmarken der gängigen Discounter, die sie aber auch bald wieder verschmähte. Anschließend probierte *Luna* sich durch das Sortiment des oben genannten Drogeriemarktes durch. Aber auch diese fanden – wenn überhaupt – nur kurzfristig Gnade vor ihrer Gourmetzunge. Dies alles spielte sich ab, bevor wir uns entschlossen *Luna* ganz zu uns zu nehmen und nachdem sich ihre Angriffe und Attacken gelegt hatten. Schließlich fand die Geschmacksrichtung Pute in Soße einer Markenfirma ihre Gnade – aber nur diese. Außerdem durften es nur die Tütchen sein, denn in den Schälchen lag das Putenfleisch in Käsesoße, welche die Katzenprinzessin überhaupt nicht mochte.

Weil eine Sorte auf die Dauer langweilig ist, suchte ich nach einer zweiten. Die fand ich schließlich in einer blauen Schale. Aber auch hier gab es nur die Sorte Pute in viel Soße.

Von meiner Schwester erhielt ich einige kleine Döschen (Inhalt 80 g) Katzennahrung in zwei verschienen Sorten: einmal „Huhn", dass ausschließlich in Wasser gekocht worden war und nur ein Verdickungsmittel als Zusatz enthielt und „Thunfisch mit Breitling", die auch im eigenen Saft eingedickt waren. Als ich Luna diese Mahlzeiten vorsetzte, war sie ganz begeistert. Dennoch ließ ich sie noch einige andere Zusammensetzungen durchprobieren. Dafür gab es ein Paket, welches quer durchs Sortiment führte.

Nachdem sie jeweils eine Geschmacksrichtung probiert hatte, fand sie, dass nichts ihrem Gaumen so mundete, wie „Huhn pur" und „Thunfisch mit Breitling". Ich hätte mir gewünscht, dass sie eine breitere Auswahl treffen würde, allerdings war ich froh, dass ich ihr nun wenigstens etwas Abwechslung bieten konnte. Allerdings hatte gerade dieses Nassfutter seinen Preis und war nur übers Internet erhältlich. Doch was tut Frau nicht alles dafür, dass „Kätzchen" glücklich ist!

Zu meiner Erleichterung schien sie endlich und endgültig die für „Prinzesschens" Geschmack akzeptablen Nass-Futtersorten gefunden zu haben.

Bei der Wahl des Trockenfutters, welches ihr ständig zur Verfügung stand, war sie nicht so wählerisch. Zwar kam für sie nur die Geschmacksrichtung „Pute" oder „Huhn" infrage, dennoch durfte ich ihr hier von drei verschiedenen Herstellern insgesamt fünf verschiedene Sorten vorsetzen.

Abgesehen von den sich mit der Zeit herauskristallisierenden Gourmet-Ansprüchen, gab es noch einige Marotten, die sie sich erst angewöhnte, nachdem aus dem Panther eine Hauskatze geworden war.

Hatte sie Hunger, setzte sie sich vor mich – niemals vor meine Mutter, denn die war in ihren Augen nicht fürs Fressen zuständig – und blickte mich aus riesigen Pupillen an. Ihr Motto dabei: *Rate einmal, was ich denke!*

Da sie dies auch tat, wenn sie spielen oder später auch nach draußen wollte, musste ich wirklich raten. Hätte sie mir wenigstens irgendein Zeichen gegeben, an dem ich diese drei Ansprüche unterscheiden hätte können, wäre es für mich wesentlich einfacher gewesen. Noch nicht einmal meine Frage: „*Luna*, hast du Hunger?", beantwortete sie mit einem Mau oder sonstigen eindeutigen Zeichen der Zustimmung oder Ablehnung. Erst, nachdem ich aufgestanden war und mich in Richtung Flur bewegte, konnte ich erkennen, ob ich mit meiner Annahme richtig lag. Folgte sie mir, war Fressen angesagt. Blieb sie sitzen, wollte sie spielen. Und wenn sie Lust auf einen Rundgang durchs Revier hatte, lief sie zur Balkontür.

Sobald klar war, dass sie wirklich Hunger hatte, sah ich zunächst nach, ob sie ihr Schälchen mit dem Nassfutter geleert hatte, denn das war nicht immer der Fall.

„Aber *Luna*, guck mal darein!", sagte ich bei Letzterem zu ihr und hielt ihr den Napf vor die Nase. „Da ist noch genug drin. Ess das erst einmal auf!" Dann stellte ich die Schale wieder an ihren Platz.

Meist fraß sie – noch so eine Marotte – in meinem Beisein alles auf. Ging ich weg, konnte es sein, dass sie ihr Mahl unterbrach und mir hinterherlief. Manchmal nahm sie auch nur Nahrung zu sich, wenn ich sie dabei streichelte.

Es gab auch die Fälle, bei denen sich zwar noch Nassfutter in der Schale befand, die Bröckchen aber nur abgeschleckt waren. Dann erhielt ich einen vorwurfsvollen Blick, wenn ich sagte: „Da ist noch genug drin. Mach erst einmal dein Schüsselchen leer, dann bekommst du noch etwas."

Obgleich sie nichts sagte, hörte ich in Gedanken ihre Stimme, die mich tadelte: „Das soll ich fressen? Sieh es dir doch an: Es ist ganz trocken. Wie soll ich die Bröckchen schlucken? Die rutschen doch nicht! Lieber fresse ich nichts."

Nachdem ich es des Öfteren ausprobiert hatte, ihr weder etwas frisches Futter darüber zu verteilen, noch Soße nachzureichen, stand fest: *Luna* macht diese Drohung meist wahr. Entweder fraß sie wirklich nichts oder sie wandte sich zwar dem Trockenfutter zu, kaute aber eher lustlos nur wenige Stückchen.

War Ersteres der Fall, lief sie mir hinterher und setzte sich demonstrativ vor mich und starrte mich an. Reagierte ich nicht, wurden ihre Pupillen riesig. Gleichzeitig machte sie Anstalten, mich anzuspringen. Ihr leicht ruckelndes oder im Wechsel leicht vom Boden angehobenes und gleich darauf wieder abgesenktes Hinterteil und der unruhige Schwanz waren untrügliche Vorboten. Allerdings konnte sie auch ohne diese auskommen.

Ein paar Mal bekam ich auch ihre Krallen zu spüren. Ich hatte mich auf die Couch gelegt und zu lesen begonnen, obwohl *Luna* nicht ihren Willen bekommen hatte. Da schlug sie mit der Tatze nach meiner neben mir liegenden Hand. Sofort zierten zwei mehr oder weniger blutige Striemen meinen Handrücken.

Mein anschließendes Schimpfen nutzte gar nichts, denn die Verursacherin meiner Wunden war bereits im Flur hinter dem Vorhang verschwunden, der die Speichertreppe verbarg. Oh ja, diese Katze wusste ganz genau, was sie getan hatte, dennoch fühlte sie sich im Recht. Um weiteren Verletzungen vorzubeugen, lernte ich daraus, den Katzenwillen zu achten.

Frühstück pünktlich um halb sieben

Obwohl ich morgens nicht früh aufstehen müsste, werde ich meist um kurz vor halb sieben wach. Vom Hin- und Herwälzen und dem Abwarten, ob ich wieder einschlafen kann, halte ich nichts. Anschießend bin ich müder, als wenn ich sofort aufstehe. Daher habe ich es mir zur Gewohnheit gemacht gleich aufzustehen.

Mein erster Gang führt mich in die Küche, da ich ohnehin einen Teil meiner Medikamente nehmen muss. Solange ich bei einer Katze angestellt war, wurde ich stets von der jeweiligen Mieze sehnsüchtig erwartet.

War ich pünktlich, konnte es sein, dass *Luna* noch im Wohnzimmer auf meinem Teil der Couch gelegen hatte und erst aufsprang, wenn ich die Tür in den Flur öffnete. Dann jedoch kam sie sogleich gelaufen und forderte ihr Frühstück ein.

Kam ich hingegen auch nur fünf Minuten später, saß sie garantiert bereits vor der Tür und konnte es gar nicht erwarten, bis ich ihren Napf gefüllt hatte.

Von solch einem Morgen erzählt das nachfolgende Gedicht.

Katzen-Frühstücks-Routine

Es ist morgens um halb sieben,
Zeit um meinen Bauch zu füllen.
Wo ist mein Personal geblieben?
Muss ich nach ihm lauthals brüllen?

Hungrig steh' ich vor der Schale,
in der kein einz'ges Bröckchen mehr.
Ich sehe das zum x-ten Male
und mein Magen zwickt mich sehr.

Endlich höre ich Geräusche
und ein Poltern folgt dem nach.
Wenn ich mich nicht schrecklich täusche,
ist mein Diener endlich wach.

Leider braucht er gar zu lange,
bis er in die Küche tritt.
Mir wird schon beim Denken bange.
Bringt er mir mein Essen mit?

121

Stets mein Katzenherzchen lacht,
wenn er öffnet dann die Tür,
weiß, er hat an mich gedacht.
Dankbar bin ich ihm dafür.

In der einen Hand die Dose,
in der and'ren eine Gabel,
tritt er in der Unterhose
in den Flur, was recht blamabel.

Ich dagegen bin gestriegelt
vom Kopf bis Schwanzesspitze –
Charakter sich im Aussehn spiegelt.
Nein, ich mache keine Witze!

Um mein Futter zu bekommen,
drück' ich beide Augen zu.
Da ist jeder mir willkommen.
Hauptsache er bringt Ragout!

Freudig schlinge ich mein Fressen
hurtig rein in meinen Bauch,
schließlich darf man nie vergessen:
Füllen muss man diesen auch!

Das große NÖ

Hin und wieder gab es, wie ich es nannte, „Das große NÖ". Dies war der Fall, wenn ich ihr verschiedene Sorten Nassfutter anbot und sie alle ablehnte. Normalerweise ließ ich sie aus zwei Geschmacksrichtungen auswählen – mehr Auswahl hatte sich als Überforderung erwiesen – ehe ich eine neue Dose, Tüte oder Schale öffnete. Vor ihr auf den Boden gelegt oder vor sie gehalten suchte sie sich durch „Mit-dem-Futter-Schmusen" dasjenige aus, welches sie gerade bevorzugte.

Hatte sie allerdings „Das große NÖ" ergriffen, schien ihr selbst das ausgesuchte Futter nicht fressbar zu sein. Sie schnüffelte nur an ihrem Fressen, um dann mit angeekelter Miene einige Schritte rückwärts zu gehen und mich empört anzusehen. Mir kam es vor, als könnte ich ihre Gedanken lesen.

„Igitt! Willst du mich vergiften? Das fresse ich auf keinen Fall!",

123

schien sie mir mitzuteilen. „Hast du nicht etwas anderes?"

„Gut, *Luna*, komm mit! Lass uns schauen, was wir noch haben", gab ich mich geschlagen. Dann marschierte ich, die Katze im Schlepptau, in die Küche.

Kaum hatte ich die Schublade geöffnet, in der ich das Futter aufbewahrte, stellte *Luna* sich bereits auf die Hinterbeine und stützte sich mit den vorderen an den seitlichen Gitterstangen des Auszugs ab. Sie schien den Inhalt zu mustern.

Erst, nachdem ich die Beutel oder Schalen zum Beispiel der beiden Geschmacksrichtungen „Huhn" und „Rind" herausgenommen hatte, setzte sie sich erwartungsvoll neben mich auf den Boden. Erneut begann das „Spiel" des Aussuchens. Mit dem Schmusen mit einer der Sorten zeigte sie, dass sie sich dafür entschieden hatte.

Also nahm ich einen sauberen Napf aus dem Schrank unterhalb der Spüle und gab eine kleine Menge hinein. Anschließend gingen *Luna* und ich zurück in den Flur – diesmal allerdings in geänderter Reihenfolge, denn scheinbar konnte sie es gar nicht abwarten, dass ich ihr das Futter hinstellte.

Sogleich schien sie sich auf dieses zu stürzen. Doch halt! Wieder roch sie nur daran und behauptete nochmals mit angewiderter Miene: „Igitt! Das fresse ich nicht!"

„Das hast du dir eben selbst ausgesucht", hielt ich dagegen.

„Aber das schmeckt mir jetzt nicht!", erhielt ich mit einem Blick zur Antwort. „Hast du nicht was anderes?"

Was tut Frau nicht alles für ihr Samtpfötchen? Der nächste Napf wurde mit der dritten Sorte gefüllt, was „Madame" auch nicht behagte. Woraufhin schließlich die vierte Geschmacksrichtung vor ihre Nase gestellt wurde. Aber auch dieser Geruch fand keine Gnade.

„Mehr kann ich dir nicht anbieten", resignierte ich und ging zurück auf die Couch ins Wohnzimmer. Gleich darauf hörte ich *Luna* das ständig vorhandene Trockenfutter knuspern. *Na also, geht doch!*, dachte ich mir. *Warum nicht gleich?*

Normalerweise hätte ich diese Spielchen nicht mitgemacht. Bei jeder anderen Katze, die vorher mein Heim geteilt hat, wäre dies auch möglich gewesen. Entweder sie würde das zuerst ausgesuchte

Futter fressen oder sie hungerte oder sie nahm mit dem Trockenfutter vorlieb. Nur bei *Luna* konnte ich mir die „Eigenmächtigkeit" nicht erlauben. Sie hätte mich gewaltsam und für mich schmerzhaft abgestraft. Also sagte ich mir: Lieber einige offene Futterpackungen – deren überzählige übrigens, nachdem *Luna* sich dann doch für eine Geschmacksrichtung entschieden hatte, eingefroren wurden – als ihre Krallen zu spüren.

So manche habe ich später wieder aufgetaut oder meiner Schwester für ihre Katzenschar mitgenommen, die sie als Pflegestelle betreute. Es verkam also trotzdem nichts, denn ich hasse es, Nahrungsmittel zu verschwenden.

Das große „NÖ"

Neulich bat mich Katze Luna:
„Füll' mir meinen Napf mal auf!
Ich hab' Hunger wie ein Puma. –
Kommst von selbst wohl gar nicht drauf!"

Also schlurft' ich in die Küche,
um ihr Futter schnell zu holen.
Manches Fleisch hat Wohlgerüche,
and'res stinkt nach alten Sohlen.

In das leere Schälchen gab ich
nur ein wenig von dem Futter.
Damals gab es puren Thunfisch,
zwar gekocht, doch ohne Butter.

Kaum das stand das teure Fressen
vor der Nase von dem Weib,
sagte sie: „Kannst's selber essen!
Kommt mir nicht in meinen Leib!"

125

„Nö", sagt' sie auch zu der Pute,
die ich ihr dann angeboten.
Dass ich ihr das „Zeug" zumute,
schüttelt' sie erbost die Pfoten.

Auch das Hühnchen in viel Soße
war so gar nicht ihr Geschmack.
„Nö, heute nichts aus der Dose!",
sagt' mir glatt das Katzenpack.

„Dann", rief ich ganz resigniert
und sah meine Katze an,
„wird jetzt gar nichts dir serviert!
Fang 'ne Maus dir, du Tyrann!"

„Nö", entgegnet' sie verschnupft
und reckte stolz die Nase.
Dann hat sie ihr Fell gezupft.
„Sag mal, hast du vielleicht Hase?"

„Jetzt schlägt's dreizehn, Katzentier!",
wurde ich nun ungehalten.
„Fang 'ne Maus, das rat' ich dir!
Darfst sie auch für dich behalten."

„Nö, nach Jagen ist mir nicht,
regnet es doch ständig.
Was hältst du vom Fischgericht?
Das ist nicht mehr lebendig."

Ich blickte sie laut seufzend an,
vor mir drei off'ne Dosen.
Dass sie sich nie entscheiden kann,
wollt' sauer mir aufstoßen.

Doch eh' ich schmiss sie aus dem Haus,
strich sanft mir um die Beine
die weiche, kleine „Schmuse-Maus".
Sie ist und bleibt die Meine!

Fressen aus dem Kühlschrank

Viel Nassfutter wäre mir wohl verdorben, wenn ich die offenen
Beutel, Dosen oder Schälchen nicht zwischen den Mahlzeiten im
Kühlschrank hätte lagern können. Von meinen bisherigen Katzen
war ich es gewohnt, dass sie kaltes Fressen nicht mochten. Meistens
warteten sie eine Weile, wenn ich es frisch aus dem Kühlschrank in
ihre Näpfe gefüllt hatte, bis es durch die Zimmertemperatur leicht
angewärmt war. *Luna* hingegen schien es gar nichts auszumachen,
wenn ihr Fleisch oder Fisch kalt serviert wurde.

Cooles Fressen

Mein Fressen steht in einem Schrank,
der macht mein Fleisch ganz kalt.
Die meisten Katzen macht das krank,
doch so lieb' ich's halt.

Mein Personal, das wundert sich,
wie gerne ich Kaltes fresse.
Es scheint ihm gar zu wunderlich,
warum ich so was esse.

Am Anfang hielt mein Personal
mir stets eine Litanei,
weshalb so manches Fleischesmahl
bei Wärme verdorben sei.

127

Es würde schlecht und damit dann
über etwas gehen[9].
Ich glaub' nicht, dass es laufen kann.
Mein Fressen bleibt doch stehen.

Kein einzig' Bröckchen ist bis jetzt
mal aus dem Napf gekrochen.
Ich hab' sie alle bis zuletzt
höchsten mal ausgebrochen.

Normalerweise fress' ich sie,
um meinen Bauch zu füllen.
Doch hin und wieder müssen die
… Dinger sich zusammenknüllen.

Die Schuld daran trägt zumeist
ein ganz dicker, fetter Haarball.
Ich bin mir sicher, dass du weißt
wie Fell wird zum Brechfall.

Nun gut, wenn ich mich überfressen,
dann kommt das Spucken auch mal vor.
Mein Magen streikt vom vielen Essen
und macht dann auf das Eingangstor.

Doch niemals trägt an dem Geschehen
die Temperatur die Schuld.
Ich weiß, das kann kein Mensch verstehen.
Das ist ihm zu okkult.

---

[9] verderben / in einen anderen Zustand übergehen

Aufräumen ist der Menschen Pflicht!

Katzen lieben Ordnung. *Luna* war da keine Ausnahme, allerdings hatte sie davon ihre eigene Auffassung. Für sie hieß das: Menschen müssen aufräumen und einen geregelten Tagesablauf haben. Eine Prinzessin wie *Luna* hingegen hatte dies alles nicht nötig. Weder verstaute sie ihre Spielsachen selbst im Schuhkarton unter dem Wohnzimmertisch, wenn sie vom Spielen genug hatte, noch war ihr Tagesablauf streng geregelt.

Anfangs hatte ich noch versucht, sie durch eine morgendliche Spielzeit gegen 8.30 Uhr an eine gewisse Ordnung zu gewöhnen. Doch mein Bemühen torpedierte sie recht schnell. Ein paar Mal schien sie ganz angetan davon zu sein, dass ich ihre Spielmaus oder einen Tischtennisball warf. Aber dann verlor sie die Lust. Immer nur hinter dem herlaufen, was ich warf, schien nicht spannend genug für sie zu sein. Da gab es ganz andere Beschäftigungen, die ihr wesentlich mehr Spaß machten. Doch davon später.

Auch mit dem Wegräumen der Spielsachen hatte „Prinzesschen" nichts zu tun. Sie schien wohl davon auszugehen, dass derjenige, welcher die Teile aus dem Karton holte, diese auch einsammeln und zurücklegen musste.

Die Sache mit dem Aufräumen übernahm ich nach kurzer Zeit zu meiner eigenen Sicherheit. Jedes Mal, wenn ich schreibend am Computer saß und *Luna* etwas von mir wollte, sagte ich zu ihr: „Luna sagt: Immer erst aufräumen." Dadurch gewann ich einige Minuten, während der sie mich zwar beobachtete, aber nicht „pfotengreiflich" wurde.

Dieses Ritual funktionierte gut, nachdem *Luna* verstanden hatte, dass ich ihrem Willen nachkam, wenn sie sich kurz geduldete. Wenn ich ohnehin vorhatte, meine Arbeit für längere Zeit zu unterbrechen oder abzuschließen, konnte ich viel mehr tun. Sie ließ mir sogar die Zeit, den PC herunterzufahren, meine Arbeitsutensilien wegzuräumen und den CD-Player auszuschalten, den ich gerne mit Hintergrundmusik laufen lasse.

Der Ausspruch: „*Luna* sagt immer: Erst aufräumen!", wurde

zwischen meiner Mutter und mir zu einem gerne genutzten Spaß. Hin und wieder rutscht er mir noch heute heraus, wenn es darum geht, dass ich etwas wegräumen will, ehe ich mich einer anderen Tätigkeit zuwende.

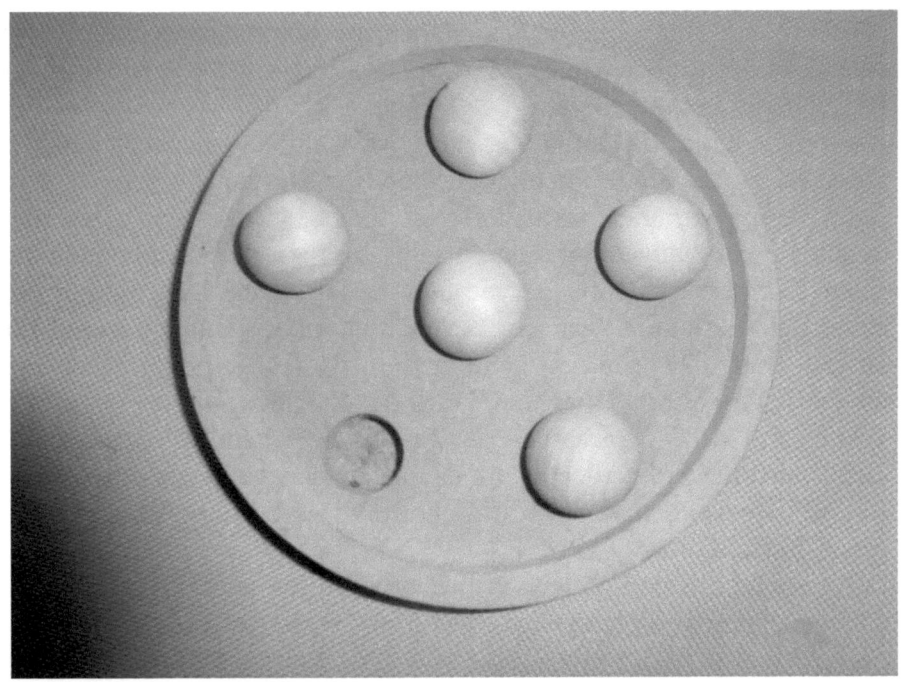

Intelligenzspielzeug ist blöd

Für eine so intelligente Katze wie *Luna* holte ich das für *Kira* gekaufte Spielzeug aus der Versenkung. Zusätzlich brachte mein Bruder mir ein vollständig aus Holz bestehendes, rundes Teil mit sechs gleichgroßen Löchern mit. Er hatte dieses Teil mitsamt fünf von ehemals sechs Holzkugeln beim Aufräumen in der Garage gefunden. Ich erinnerte mich daran, dass ich dieses Futtersuchspiel ehemals für *Mohrchen* gekauft hatte. Doch diese Art der

Beschäftigung entsprach nicht seinem Wesen.

Hätte ich das Holzspielzeug früher zurückerhalten, hätte ich ein ebensolches aus Plastik erst gar nicht gekauft. Nun besaß ich gleich zwei, nutzte aber nur das umweltfreundliche. Ja, ich beschäftigte mich damit und nicht etwa *Luna*. – Natürlich nicht derart, dass ich damit spielte!

Das Prinzip war sehr einfach: In die Löcher wurde jeweils ein Leckerchen gelegt und mit der daraufgesetzten Kugel verschlossen. Die Katze musste nun nur noch die Kugel entfernen, um einen Erfolg verbuchen und als Belohnung das Leckerchen fressen zu können. So weit so gut.

Zu Anfang sollte man es dem „Pelzchen" natürlich nicht zu schwer machen. Erst einmal sollte es kapieren, wie dieses Spiel funktionierte. Daher legte ich im Beisein der jeweiligen Katze in jedes Loch ein Leckerchen. Dabei stand das Spielzeug vor ihr, damit sie auch garantiert mitbekam, was ich tat. Bis hierher verstanden sowohl *Mohrchen* als auch *Kira*, dass sie ihre Belohnung mit der Pfote herausangeln mussten. Doch, sobald die Kugeln ins Spiel kamen, verloren sie das Interesse daran.

Leider war auch *Luna* genauso wenig wie ihre Vorgänger an dieser Beschäftigung interessiert. Bei ihr kam noch hinzu, dass sie nicht bestechlich war. Leckerchen fraß sie anstelle von Trockenfutter, nicht aber als Belohnung. Auch fiel es ihr überhaupt nicht ein, hinter einer geworfenen Knuspertasche herzurennen – egal von welchem Hersteller sie auch war.

Genauso wenig fand sie Spaß an dem Ball, der sich in einem Plastikring mit der Pfote anschubsen ließ. Zuerst hatte sie regelrecht Angst vor diesem „Krachmacher". Erst, nachdem sie sich gut bei uns eingelebt hatte, rannte sie wenigstens nicht mehr davon, sobald ich ihr zeigte, wie sie damit spielen konnte. Aber vielleicht war diese Art der Beschäftigung unter der Würde einer Hoheit. Einzig die aufsteckbare Metallfeder, an deren Ende ein weißes Kunstfellstückchen hing, wurde ein paar Mal auf ihre Funktion überprüft. Dabei diente das Fell wohl dazu, einen Geschmackstest zu bestehen, da sie dieses ableckte. Was ihr hingegen überhaupt nicht gefiel, war, dass ihr der Fetzen um die Ohren flog, sobald sie ihn losließ. Damit war auch dieser Teil des Spielzeugs durchgefallen und wurde fortan ignoriert.

Kugelschreiber sind gefährlich

Abgesehen von dem Intelligenzspielzeug besaß *Luna* auch eine braun-weiß-gescheckte Spielzeugmaus mit einem rosa Schwanz und eine Katzenangel, an deren Ende ein 15 Zentimeter langes grau-schwarzes Kunstfellstück befestigt war. Es sollte wohl eine sehr langhaarige Beute darstellen. Beides hatte sie vom Tierschutzverein als vertrautes Spielzeug mitbekommen, denn zunächst nahmen wir sie ja als Pflegekatze auf.

Während sie ihre Maus innig liebte – sie wurde mit Hingabe

132

geputzt, sobald sie bespielt worden war – fand die Angel zunächst gar keinen Anklang. Im Gegenteil – sie wurde als äußerst gefährlich eingestuft. Sobald ich sie auch nur in die Hand nahm, war *Luna* verschwunden. Da sich dieses Phänomen allerdings auch mit Kugelschreibern, zusammengerollten Zeitungen, Besen und allen Gegenständen, die einem Stock in der Form ähnelten, einstellte, kam ich der Lösung recht schnell auf die Spur. *Luna* musste wohl mit einem stockähnlichen Objekt geschlagen worden sein. Als sich auch noch herausstellte, dass sie vor Männern floh, konnte ich die Spezies, welche sie wohl geschlagen hatte, noch mehr eingrenzen.

Damit war für mich aber klar, dass die Angel vorerst tabu war, wenngleich ich sie mit dem Stiel auf dem niedrigen Wohnzimmertisch liegen ließ. Da dieser Stock meist unter der Programmzeitung verschwand, war für *Luna* nur die herabhängende Schnur und die daran befestigte, auf dem Boden liegende Beute sichtbar. Dennoch machte sie lange keine Anstalten, damit zu spielen.

Um ihr dieses Trauma zu nehmen, stellte ich ihr täglich – wie bereits oben erwähnt – die Traumarate für zunächst dreißig, später fünfzehn Minuten in den Orgonbecher. Zusätzlich sagte ich immer mit ruhiger Stimme, wenn ich ein Gerät in die Hand nahm, dass einem Stock glich: „Das tut nichts." Außerdem vermied ich es, in ihrer Gegenwart einen Kugelschreiber, Besen oder etwas Stockähnliches zu benutzen. Diese beiläufige Handhabung fand ich als probates Mittel, um ihr zu demonstrieren, dass diese Dinge keine Gefahr mehr für sie darstellten.

Als sie schließlich alle stockähnlichen Gegenstände akzeptierte, versuchte ich auch die Angel beim Spiel wieder einzusetzen. Anfangs biss sie ein paar Mal in den Stab. Doch mit der Zeit sah sie dieses Spielzeug wohl als das an, was es war. Zwar gefiel es ihr manchmal, anstatt ihre Krallen in die Beute zu schlagen, in die Schnur zu beißen, aber dann war sie meist genervt von meinen Versuchen, sie zum Spiel zu animieren.

Im Großen und Ganzen fand sie nur recht selten Gefallen an dem sich schnell vor ihr hin- und herbewegenden haarigen Gegenstand.

133

Es gab ein ganz anderes Spielzeug, was sie mehr zur Jagd anspornte.

Angriff auf den Mann im TV

Luna war noch nicht lange bei uns, als sie einen Mann in unserem Wohnzimmer entdeckte. Es handelte sich dabei um den Nachrichtensprecher im Fernseher.

Da sie auf Männer im Allgemeinen nicht gut zu sprechen war, mied sie diese eigentlich. Umso erstaunter waren meine Mutter und ich, als sie plötzlich von ihrem Platz auf der Kratztonne aufsprang, quer durchs Wohnzimmer raste und auf den Schrank hüpfte, auf dem das Fernsehgerät stand. Sogleich schlug sie mit einer Pfote auf die Stelle, an der sich der Nachrichtensprecher gerade befand.

Selbst unsere Rufe: „*Luna*, komm her! Den Mann kriegst du nicht. Da kommst du nicht dran!", verhallten ungehört.

134

Mittlerweile stand sie sogar teilweise auf beiden Hinterpfoten und schlug, als wolle sie Fliegen erschlagen, mal mit der rechten, mal mit der linken Pranke auf den sich auf dem Bild hin- und herbewegenden Mann ein. Dass sie ihn nicht erwischen konnte, steigerte ihre Aktivität nur noch.

Was uns zunächst lustig vorgekommen war, schlug nun in bitteren Ernst um. So langsam bekamen wir nicht nur Angst um die Scheibe des Fernsehers, sondern auch um *Luna*. Wir fragten uns, wie weit sie sich wohl in diese erfolglose Jagd hineinsteigern würde.

Ehe *Luna* völlig abdrehte, wechselte zum Glück das Bild. Der Moderator war verschwunden, was die Katze dermaßen irritierte, dass sie mit ihren Attacken innehielt. An ihrer Miene glaubten wir zu erkennen, dass sie nachdachte. Dann sprang sie vom Schrank herunter, legte sich zurück auf ihre Kratztonne und hielt scheinbar ein Nickerchen.

Ob sie wohl verstanden hatte, dass sie den Mann im Fernseher mit ihren Pfoten nicht packen konnte? Zunächst gingen wir davon aus, denn zukünftig ließ sie die Leute im Fernsehgerät in Ruhe.

Einige Tage später jedoch erregten ganz andere Geschöpfe ihre Neugierde.

Wieder einmal lagen meine Mutter und ich auf der Couch und *Luna* zusammengerollt auf ihrer Kratztonne. Wir schauten eine Tiersendung, bei der es unter anderem um Meeresfische ging. Plötzlich sprang *Luna* auf, raste zum Fernseher und versuchte die bunten Fische mit beiden Vorderpfoten zu greifen.

Frustriert, weil ihr das nicht gelang, schlug sie immer fester auf den Bildschirm ein, sodass ich mich gezwungen sah auf ein anderes Programm umzuschalten. Dort war gerade eine Diskussionsrunde zu sehen, was die Katze völlig irritierte, denn sogleich stoppte sie ihre Angriffe und sprang vom Schrank herunter.

Ich glaubte, dass sie nun von ihrem Vorhaben, Beute zu machen ablassen würde und schaltete zu der Tiersendung zurück. Erleichtert atmete ich auf, als der Bericht sich nun nicht mehr um Fische, sondern um Warane drehte.

135

Leider schienen die riesigen Echsen *Luna* keineswegs abzuschrecken, obwohl sie so nah aufgenommen worden waren, dass sie fast lebensgroß auf dem Bildschirm zu sehen waren. Im Null-Komma-Nix saß mein Raubtier wieder auf dem Schrank vor dem Fernseher und jagte diesmal Komodowarane, die sie um ein Vielfaches überragten. In ihrem Jagdeifer kannte sie keine Angst vor diesen Tieren, von denen einige Exemplare sie garantiert in freier Natur verschlungen hätten.

Da *Luna* sich wieder hineinsteigerte, schaltete ich nochmals um auf die für sie langweilige Diskussionsrunde. Diese Maßnahme funktionierte wie beim ersten Mal: *Luna* beruhigte sich und kehrte auf ihre Tonne zurück.

Erst, als sie sich zum Dösen zusammengerollt hatte, versuchte ich es nochmals mit der Tiersendung, denn meine Mutter und ich hätten sie zu gerne zu Ende gesehen. Doch da hatten wir die Rechnung ohne unser Raubtier gemacht.

Diesmal flatterten Vögel über den Bildschirm, die *Luna* dazu reizten, sie unbedingt fangen zu müssen.

„Lass uns schlafen gehen", seufzte meine Mutter. „Die Sendung ist ohnehin fast aus und in Ruhe fernsehen können wir eh nicht."

So schaltete ich den Fernseher aus, woraufhin sich die Furie wieder in eine Hauskatze verwandelte. Brav folgte sie mir in den Flur zu ihren Näpfen, in denen ich ihr Hühnchen als Ersatz für die entgangene Vogelbeute servierte.

Da lachte das Katzenherzchen und war wieder mit der Welt versöhnt.

Nach diesem Erlebnis ist sie nie wieder auf den Schrank gesprungen, um irgendjemanden im Fernsehn zu vermöbeln oder dort eine Beute zu schlagen.

Papierbälle sind der Renner

In ihrem Schuhkarton befanden sich auch eine mit Sisal umwickelte Spielmaus, ein Tischtennisball und ein Set mit verschieden gestalteten Bällen. Einer davon hatte eine gummiähnliche Struktur und konnte auch begrenzt hüpfen, wenn er auf dem Boden aufkam. Zwei andere bestanden aus Hartplastik. Was in dem völlig geschlossenen steckte und einen Glockenton erzeugte weiß ich nicht. Bei dem aus einer weißen und einer neongrünen Hälfte zusammengesetzten Ball, befand sich ein simples Metallglöckchen. Dies konnte ich durch die vielen kleinen Löcher gut erkennen.

Doch vor den beiden letztgenannten Kugeln rannte *Luna* lange Zeit davon. Auch später, als sich ihre Angst gelegt hatte, spielte sie nur selten mit ihnen, sodass ich sie schließlich wegräumte. Einzig der Gummiball fand etwas mehr Interesse, wenn ich ihn warf.

Der Renner hingegen war zusammengeknülltes Papier. Ich kam auf die Idee, als ich einen Briefumschlag öffnete und *Luna* sich mit riesigen Pupillen vor mich setzte. Zunächst schien sie unsicher zu

137

sein, denn sie hob eine Vorderpfote leicht an und setzte sie wieder auf. Dies wiederholte sie ein paar Mal. Gleichzeitig rückte sie immer näher zu mir. Nur selten zeigte sie mir ihre Neugierde so offen.

„Möchtest du damit spielen?", fragte ich sie und zerknüllte das raschelnde Kuvert.

Sehr genau beobachtete sie, was ich da tat und flitzte sogleich hinter dem neuen Spielzeug her, als ich es in Richtung Flur warf.

Dann sah ich sie ihre Beute mit der Pfote vor sich her durch den ganzen Flur bis in die Küche hinein immer wieder anstoßen. Leider endete das Spiel damit, dass sie den Papierball unter den Küchenschrank beförderte.

So manche Katze würde versuchen, ihr Spielzeug wieder dort hervorzuholen, indem sie mit der Pfote danach angelte oder gar unter den Schrank kroch. Nicht so Prinzessin *Luna*. Sie kam zu mir ins Wohnzimmer gelaufen und verlangte, auf ihre nonverbale Art, dass ich ihr Spielzeug wieder hervorholte.

Da sie keine Ruhe gab, legte ich mich, bewaffnet mit einem langen Schuhlöffel auf den Boden vor den Schrank und fischte nach dem Papierknäuel. Kaum hatte ich es mit einem gezielten Schlag wieder zum Vorschein gebracht, stürzte sich *Luna* sofort wieder darauf und jagte es zurück durch den Flur bis ins Wohnzimmer. Dort wurde es unter einen der mit Rollen versehenen Blumenuntersetzer gekickt.

Diesmal jedoch musste ich ihr Spielzeug nicht retten. Da diese aus schmalen Latten gefertigten quadratischen oder ovalen Teile luftig gestaltet waren, konnte *Luna* es sich selbst herauspulen. Dafür legte sie sich dicht davor, spähte darunter und angelte den Ball mit der Pfote heraus. Sogleich konnte das wilde Spiel quer durch den Raum weitergehen.

Erst, nachdem sie genug von dieser schönen Beschäftigung hatte, legte sie sich erschöpft mitten ins Zimmer. Anschließend mussten die Kraftreserven mit einer ausgiebigen Mahlzeit wieder aufgefüllt werden, der ein Verdauungsschlaf folgte.

So mancher Papierball, den ich ihr in der nächsten Zeit anfertigte, steckte entweder für mich unerreichbar hinter einem kurz vor der Wand befindlichen Pfosten der Küchenschränke oder verschwand unter dem Fernsehschrank. Da letzterer ungünstig stand und nur hinten eine flache Öffnung hatte, brachte selbst mein Einsatz mit dem langen Schuhlöffel nicht immer den gewünschten Erfolg.

Weil auf diese Weise nach und nach einige Papierbälle in den „Untiefen" verschwanden, musste ich des Öfteren Nachschub anfertigen. Zunächst nahm ich dafür die Fernsehzeitung auseinander, schwenkte dann jedoch auf unbedrucktes Packpapier um. Ich hatte nämlich bemerkt, dass sie die Bälle auch ins Maul nahm und durch die Gegend trug. Dabei stellte ich fest, dass der neue Werkstoff auch wesentlich haltbarer war. Während die Zeitungsbälle bereits nach kurzer Zeit weich wurden und dadurch kaum noch durch die Luft flogen, blieben diejenigen aus Packpapier sehr lange hart und flugfähig.

Die größte Freude konnte ich *Luna* mit dem Treppenspiel machen. Dafür warf ich einen Papierball nach Möglichkeit so die Treppe hinunter, dass er auf mehreren Stufen hintereinander aufkam und sich dadurch hüpfend nach unten bewegte.

Sogleich sprang *Luna* hinterher. Blieb ihr Spielzeug endlich liegen, erhielt es noch einige Pfotenschläge, damit es auch noch die restlichen Stufen bewältigte und im unteren Flur gejagt werden konnte.

Sollte ich hingegen keinen glücklichen Wurf gelandet haben und der Ball blieb auf einer Stufe einfach liegen, stürzte sie zwar zu ihm, blieb aber meist neben ihm sitzen und blickte mich von dort aus unzufrieden an. Mir war, als würde sie denken: *Dieses Personal könnte sich mehr bemühen! Alles muss Katze selbst machen! Doch dazu habe ich gerade keine Lust!*

Was blieb mir anderes übrig, als noch einen Ball zu holen und ihn diesmal zu ihrer Majestät Zufriedenheit zu werfen?

Nach Beendigung von *Lunas* Spielzeit hatte ich die Ehre, sämtliches und überall verstreut liegendes Spielzeug einzusammeln, um wieder in den Schuhkarton zu legen. Wie bereits im Kapitel „Aufräumen ist der Menschen Pflicht!" erwähnt, war Prinzesschen dafür nicht zuständig.

Eine kleine Anmerkung noch zu dem Im-Maul-Tragen von

Gegenständen. Außer den Papierbällen, die sie, wenn es sein musste auch selbst einmal die Treppe hinauftrug, um sie oben geschickt er als ich fallen zu lassen, damit sie die Stufen wieder hinunterhüpften, sah ich sie nur ein einziges Mal ein anderes Spielzeug tragen. Es handelte sich um ihre gescheckte Maus, die sie – nach meinem ersten Wurf – ganz stolz auf mich zutrug. Leider hat auch mein überschwängliches Lob nicht dazu beigetragen, dass *Luna* sie bis zu mir brachte. Auf halbem Weg ließ sie sie einfach fallen und als uninteressant liegen.

Katzenspielzeug

Es lebte mal ein Kätzelein,
das liebte es zu spielen
mit Bällen, die gar klitzeklein
und wahrhaft ihm gefielen.

140

Sie waren aus Papier geformt,
das eigentlich zum Packen,
drum waren sie auch nicht genormt
und hatten manche Macken.

Es gibt der Dinge ja so viele,
die Mensch' sich für die Katz' erdacht.
Doch Kätzchen wählt für seine Ziele,
was es einfach glücklich macht.

Das Kügelchen aus Packpapier
lässt mit der Pfot' sich greifen.
Es verschafft ihr viel Pläsier,
Durch alle Räum' zu streifen.

Sie kickt das Bällchen vor sich her,
nimmt dafür beide Pfoten.
Auch Würfe fallen ihr nicht schwer,
liefern Stoff für Anekdoten.

Sie spielt auch gern im Treppenhaus,
lässt ihre Bälle hüpfen
von Stuf' zu Stuf' und drüber raus,
so dass sie ihr entschlüpfen.

Dann fängt sie sie auch wieder ein,
die tollen Papier-Dinger
und findet sie gar superfein,
die weichen, kleinen Springer.

Das Pföteln macht ihr sehr viel Spaß,
rollt der Ball mal unter'n Schrank,
betreibt es nie im Übermaß,
bleibt trotzdem rank und schlank.

Es lebt auch heut' manch' Kätzelein,
das liebt es Ball zu spielen;
egal ob's groß ist oder klein,
es flitzt über die Dielen.

Das Licht fangen

Laut der Angabe im Vertrag, welchen ich mit dem Tierschutzverein abschloss, sollte *Luna* im Jahr 2015 geboren und damit bei der Abgabe erst drei Jahre alt gewesen sein. Ich aber ging davon aus, dass sie etwa doppelt so alt war. Da dies bei Katzen nicht so einfach festzustellen ist, beließ ich es dabei, auch beim Tierarzt die Angabe aus dem Vertrag weiterzugeben.

Manchmal jedoch kamen mir Zweifel an der von mir vorgenommenen Altersschätzung. So erging es mir auch, als sie sich zum ersten Mal am 05. März 2021 scheinbar in ein Kitten verwandelte, jedenfalls was ihr Umgang mit dem durchs Fenster einfallenden Licht betraf. Später hat sie dieses Verhalten noch einige Male gezeigt.

Fang das Licht!

Lichtstreifen malt die Sonne
auf die Dielen heut' im Raum.
Kätzchen rennt herbei vor Wonne.
Kann sein Glück erfassen kaum.

Schnell springt es mit beiden Pfoten
auf den hellen Lichterfleck,
will ihn fangen auf dem Boden,
doch ganz plötzlich ist er weg.

Ganz verwundert schaut die Katze
auf den Boden vor sich hin,
hält gar nichts in ihrer Tatze:
Macht so Jagen einen Sinn?

Voller Staunen fragt sie noch
wo der Lichtfleck sich nun findet,
huschte in kein Mauseloch.
Um die Beine er sich windet.

„Huch", denkt sich das Katzenkind,
„fällt mich meine Beute an?"
Drum schüttelt es die Bein' geschwind,
damit sie es nicht beißen kann.

Leider klebt dies' blöde Tier
scheinbar fest an seinem Fell.
Handelt sich's um 'nen Vampir?
Muss es fort und zwar ganz schnell!

Kaum hat es den tiefen Schatten
in der Diele dann erreicht,
sind sie weg, die Vampir-Ratten.
Seht nur, wohin Kätzchen schleicht!

Neugier treibt zurück die Kleine
in das Zimmer zu dem Licht.
„Warte nur, du wirst gleich meine
Beut', wenn ich dich erwischt!"

Tief geduckt pirscht sich die Miez
nochmals an den Lichtfleck ran.
Eh' sie springen will geschieht's:
Klecks zeigt, dass er wandern kann.

Als der Stand der Sonne wechselt,
Licht und Schatten sich verändern.
Die Strahlen haben neu gekleckselt,
indem sie nun die Dielen bändern.

Katz' versteht die Welt nicht mehr
und gibt auf das Beutespiel,
läuft keinem Fleck mehr hinterher,
sucht sich jetzt ein neues Ziel.

Den Schatten fangen

Ein weiteres Beispiel dafür, dass in *Luna* manchmal das junge
Kätzchen die Oberhand gewann, zeigte sie mir am 28. Juli 2021. Wir

standen an der Verbindungstür zwischen Küche und Büro, als die Morgensonne durchs Fenster schien. Zwar erreichten ihre Strahlen nicht das Türblatt, dennoch reichte das Licht aus, um *Lunas* Schatten dort erscheinen zu lassen.

Im folgenden Gedicht habe ich nicht einfach nur die Situation festgehalten, sondern auch, was *Luna* wohl gedacht haben könnte.

Schatten-Wesen

Die Sonne scheint zum Fenster rein.
Ich streichel dir dein Fell.
„Was mögen das für Wesen sein,
die sich bewegen schnell?

Wir werfen Schatten an die Wand,
während wir uns bewegen.
„Sie stammen wohl aus einem Land
in dem sie sich kaum regen."

Ich sehe, wie es dich erschreckt,
was hinter uns passiert.
„Wo haben sie sich nur versteckt?
Vor lauter Furcht mich friert."

Mein Kätzchen, wie nur soll ich dir
das Schattenspiel erklären?
„Vielleicht fasse ein Herz ich mir,
werd' mich als Held bewähren!"

Wo Licht ist, da ist auch Schatten,
das ist Gesetz in der Natur.
„Na wartet nur ihr platten Ratten!
Ich komm' euch schon noch auf die Spur!"

145

Fällt Helligkeit auf einen Leib,
so wirft er einen Schatten.
„Ich könnte euch zum Zeitvertreib
gleich mal im Spiel ermatten."

Was hast du vor, du kleiner Wicht,
dass du zur Jagd dich duckst?
„Ich zeig' es diesem Schatten-Licht:
Hier wird sich nicht gemuckst!"

Den Schatten fängst du niemals ein,
drum lass es lieber bleiben!
„Ich hau' die Krallen in ihn rein
und werd' ihn so vertreiben."

Schon stößt die Katze an der Wand
sich Pfoten und den Kopf.
„Jetzt ist er mir doch fortgerannt
der Schatten-Wesen-Tropf!"

Mein armes kleines Heldentier,
komm her und lass' dich trösten!
„Beim nächsten Mal da geb' ich's dir;
und dann werd' ich dich rösten!"

Eine schwarze Schlange unterm Vorhang

Manchmal erinnerte mich *Luna* an ein Kleinkind, das glaubt, wenn
es die Augen schließt oder sie sich zuhält, würde es unsichtbar.

Genauso verhielt es sich auch so manches Mal, wenn *Luna* sich
hinter dem Vorhang im Flur versteckte. Meist saß sie auf dem
kleinen Podest unterhalb der Speichertreppe, das errichtet worden
war, weil die feste Holztreppe eine Stufe zu wenig aufwies. Sie war
einst für ein anderes Haus und eine geringere Höhe angefertigt

worden, dennoch stellte sie, nach dem Ausbau zweier Zimmer auf dem Speicher eine gute Alternative dar. Gleichzeitig war das Recyceln in unserer Familie schon immer selbstverständlich.

Hin und wieder saß *Luna* auf dem Flurboden **vor** dem Podest. Dort passte ihr sitzender Leib noch knapp hinter den Vorhang. Leider reichte der Stoff nicht bis auf den Boden, sodass ihre beiden Vorderpfoten noch zu sehen waren.

Saß sie hingegen mit dem Rücken zum Vorhang, vergaß *Luna*, dass sich an ihrem hinteren Ende noch ein Schwanz befand. Dieser ragte, lang ausgestreckt, einer schwarzen Schlange nicht unähnlich, unter dem Stoff hervor und in den Flur hinein. Dieses „Reptil" lag völlig reglos da, als laure es auf Beute. Niemals sah ich es hin- und herwedeln oder seinen „Kopf" heben, wie ich das bei meinen anderen kätzischen Mitbewohnern oft beobachten konnte.

So manches Mal reizte es mich, *Luna* auf ihr Versäumnis anzusprechen. „*Luna*, dein Schwanz guckt noch raus. Wenn du dich schon versteckst, dann nimm ihn gefälligst mit!"

Meist drehte sie sich daraufhin herum, womit die „schwarze Mamba" automatisch verschwand. Nur selten schien *Luna* stur zu sein und rührte sich nicht.

Gerne hätte ich sie geärgert und den Schwanz kurz berührt, aber das traute ich mich bei ihr nicht – bei *Mohrchen* oder *Kira* hätte ich es gewagt. Beide hätten es mir nicht übel genommen.

Ein Geist auf dem Kühlschrank

Es war an einem Samstagmorgen, als ich mit dem Staubwedel unterwegs war. So kam ich schließlich in die Küche und reckte mich, um auch den Deckel der Kühl-Gefrierkombination zu säubern.

Kaum jedoch hatte ich den Wedel angesetzt, hielt ihn etwas fest und zog daran. Erschrocken ließ ich den Stiel los und trat einige Schritte zurück. Fast gleichzeitig fiel der Staubwedel herab auf den Fußboden.

Von meinem neuen Standort aus konnte ich erkennen, welcher

„Geist" mich so erschreckt und das Gerät besetzt hatte. Von oben blickten mich zwei honiggelbe Augen aus einem schwarzen Fellgesicht an.

Luna schien mir nicht übel zu nehmen, dass ich sie nicht gesehen hatte.

Wenige Minuten später erfuhr ich auch, warum sie oben auf der Kühl-Gefrierkombination hockte. In dem Hohlraum der Decke hörte ich das typische Geräusch einer über die Bretter rasenden Maus.

Leider schleichen sich immer wieder diese kleinen Nager ins Haus und versteckten sich entweder in den Holzböden des Speichers der ersten Etage oder in den darunterliegenden Holzdecken des Erd- und Obergeschosses. Während die Höhe der in den Böden verarbeiteten Balken einer Maus genügend Platz nach oben bis zu den aufgenagelten Brettern lässt, sieht es zwischen den Latten an den Decken und den daran befestigten Nut- und Federbrettern schon niedriger aus. Doch da müsste schon ein besonders fettes Exemplar dieser Spezies kommen, um stecken zu bleiben.

Übrigens zahlte sich *Lunas* Beharrlichkeit einige Tage später aus. Eines Morgens fand ich die Galle – welche Katzen bekanntlich nicht fressen – im Flur vor meiner Küchentür. Außerdem entdeckte ich auch etwas Blut um dieses Organ herum. Ansonsten war nichts mehr von dem Lästling übrig. In der darauffolgenden Nacht erlegte *Luna* eine zweite Maus, woraufhin wir für längere Zeit Ruhe vor den Plagegeistern hatten.

Amica

2018. 14

Ein seltsames Versteck

Am 18. September 2021 bekam ich einen Schrecken, denn *Luna* war unauffindbar. Da ich den Spalt zwischen Küchenzeile und Kühl-Gefrierkombination fest verschlossen hatte, konnte sie sich dort unmöglich versteckt haben. Aber auch an allen anderen Orten, an denen sie sich gerne aufhielt, suchte ich vergeblich. Erst der Zufall ließ mich sie finden. Wahrscheinlich hatte wieder einmal das Geräusch einer flitzenden Maus im Hohlraum der Küchendecke *Luna* dorthin gelockt.

Wo hast du dich versteckt?

Wo ist meine Luna hin?
Eben sah ich sie noch liegen;
in dem Sessel schlief sie drin,
musst' sich an die Kissen schmiegen.

Plötzlich ist ihr Platz ganz leer,
und die Stelle wird schon kalt.
Sorgen mach' ich mir gar sehr.
Lief sie etwa in den Wald?

Doch kein Fenster stand heut' offen,
keine Tür war angelehnt.
Beides lässt mich feste hoffen,
dass sie sich nicht raus gesehnt.

Ich begeb' mich auf die Suche
wo die Katze könnte sein.
Viel fehlt nicht, dass ich verfluche
dieses freche Kätzelein.

Nein, sie liegt nicht auf der Decke.
Auch die Fensterbank ist frei.
Ich schaue nach in jeder Ecke,
frage mich wo sie wohl sei.

Keine Antwort gibt das Luder,
was mir große Sorgen macht.
Liegt's an meinem Such-Geschluder,
dass sie sich ins Fäustchen lacht?

Von dem Speicher bis zum Keller
schaue ich in jeden Spalt.
Nein, das Dunkel wird nicht heller,
find' nicht ihren Aufenthalt.

Erst als ich sie abgeschrieben,
taucht sie unerwartet auf.
Jetzt weiß ich, wo sie geblieben:
Auf dem Kühlschrank lag sie drauf.

Warum klemmt der Küchenzug?

In meiner Einbauküche habe ich außer den normal großen
Schubladen an allen Unterschränken – ausgenommen demjenigen
unter dem Spülbecken – sogenannte Züge. Dies sind extrahohe
Schubladen. Zwei übereinander ersetzen eine Tür. Meine
Entscheidung für diese Aufteilung beim Kauf der Schränke war dem
Umstand geschuldet, dass ich somit immer einen Gesamtüberblick
über den Inhalt hatte. Nie mehr wollte ich fast einen Kopfstand
machen, die zuvorderst stehenden Gegenstände ausräumen und
regelrecht in den Schrank kriechen müssen.

In einem dieser untersten Züge bewahre ich den geschlossenen
Plastikbehälter mit dem Vogelfutter auf. Das Futterhäuschen hängt
auf dem überdachten Balkon. Regelmäßig überprüfe ich den Inhalt.

Normalerweise schloss ich den Zug, nachdem ich den Behälter
herausgenommen hatte und mit diesem hinaus auf den Balkon ging.
An diesem Tag vergaß ich es.

Als ich vom Füttern zurück in die Küche kam, stellte ich das Gefäß
zurück an seinen Platz und wollte den Zug wieder schließen.
Seltsamerweise ließ er sich nur zu dreiviertel hineinschieben.

„Was klemmt denn da?", fragte ich laut und überprüfte den Inhalt
des Zuges auf überstehende Gegenstände. Doch es fand sich nichts.

Vielleicht sollte ich es einmal mit Schwung probieren, dachte ich mir und tat dies dann auch. Aber wieder hatte ich keinen Erfolg. Der Zug blieb zu einem viertel offen. Seltsam fand ich nur, dass ich gegen kein hartes Hindernis gestoßen war. Neugierig, was den Stau verursachte, bückte ich mich und sah etwas Schwarzes ganz hinten im Schrank.

„*Luna,* was machst du denn da?", rief ich halb erstaunt, halb erschrocken aus. Gleichzeitig zog ich den Zug ganz heraus, damit sie Platz hatte, um sich drehen zu können.

Scheinbar hatte sie verstanden, was ich damit bezweckte, denn sogleich kletterte sie über die beiden hinteren Querstangen in die Schublade hinein. Vorsichtig stieg sie über die Gegenstände, welche sich in dem Zug befanden und sprang dann seitwärts heraus.

Schmusend strich sie mir um die Füße. Sie schien kein bisschen beleidigt zu sein, dass ich sie versehentlich malträtiert hatte. Dennoch streichelte ich sie und entschuldigte mich bei ihr.

Lernt eine Katze das Schnurren?

Ich liebe das wunderbar beruhigende Geräusch einer schnurrenden Katze, besonders, wenn sie auf mir liegt und die Vibrationen auf meinen Körper übergehen.

Bis ich *Luna* kennenlernte, hatte ich mir noch nie Gedanken darüber gemacht, ob Katzen das Schnurren lernen müssen oder sie diese Töne ganz selbstverständlich erzeugen.

In der ersten Zeit mit *Luna* konnte ich verstehen, dass sie nicht schnurrte, doch als sie ihr Trauma immer mehr verarbeitet hatte und ich sie anfassen durfte, rechnete ich fest damit, dass sie vor Wohlbehagen schnurrte.

Doch bei *Luna* war so vieles anders als bei den Katzen, welche ich vorher kennenlernen durfte. Sie erzeugte dieses sanfte Vibrieren mit den beruhigen Lauten nur sehr selten und wenn, dann ganz kurz. Im Gegensatz zu *Kira*, die sich mit Schnurren gar nicht zurückhalten

153

konnte, dosierte *Luna* diese Laute äußerst sparsam. Daher beschloss ich, ihr das Schnurren in Verbindung mit den passenden Momenten beizubringen. Dennoch bekam ich es auch dann nur sehr selten zu hören.

Wie man einer Katze das Schnurren beibringt

Schnurren kann doch jede Katze,
hab' ich lange Zeit geglaubt.
Nur von meinem Luna-Schatze
wurde dieses wohl geraubt.

War sie wirklich außerstande
diese Töne zu erzeugen?
Hör ich's nicht, dacht' ich am Rande,
müsst' mich tiefer zu ihr beugen.

Doch auch das bracht' keinen Nutzen,
denn ich hörte einfach nix.
Sollt' ich mir die Ohren putzen?
Nun, das machte ich ganz fix.

Trotzdem blieben aus die Laute,
welche Menschen so verzücken.
Da sie ja auch kaum miaute,
sollte schnurren ihr nicht glücken?

Schon wollt' ich die Flinte werfen,
als mir kam eine Idee:
Könnte ich sie damit nerven
und übernehmen ihr Metier?

Wenn sie nun zum Schmusen kam,
und sie eigentlich sollt' schnurren,
ich ihren Lautpart übernahm,
mit „mhm, mhm" und ohne Murren.

Bald schon drang an meine Ohren,
ein ganz leiser erster Ton.
War ihr Schnurren nur gefroren
und es taute langsam schon?

Auch noch heut' darf ich mein Können
hin und wieder mal beweisen.
Will Luna mir das Schnurren gönnen
oder wird's wieder vereisen?

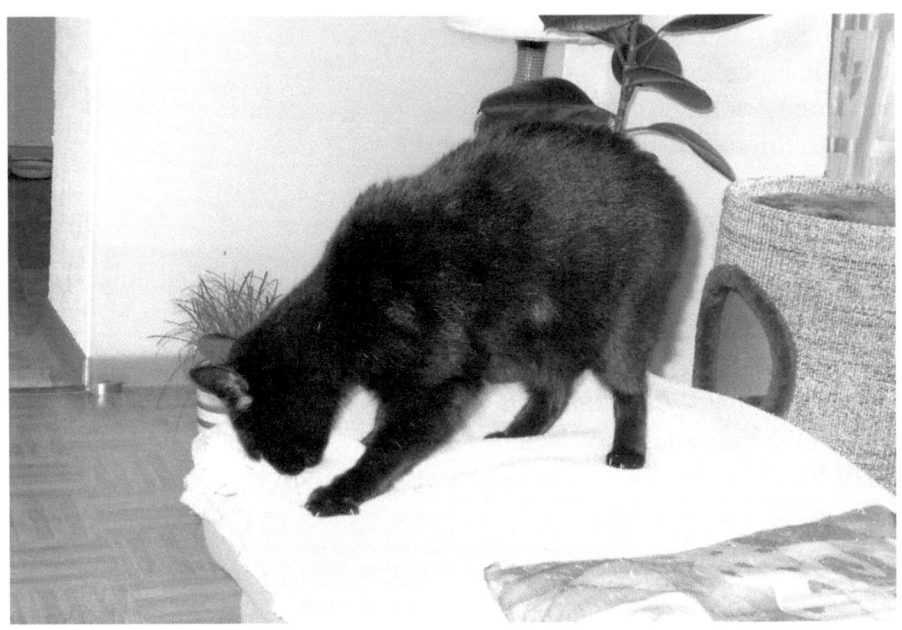

Lecken und Treteln mit Krallen

Nachdem *Luna* meiner Mutter und mir endlich vertraute, kam sie eines Tages auf die Idee, ihre Schläfchen nicht mehr nur auf der Kratztonne vor dem Fenster zu machen.

Wie jeden Mittag legte sich meine Mutter auf den Teil der Couch, der parallel zum Fenster stand. Da es etwas kühl war, deckte sie sich mit der roten Fleecedecke mit den großen, weißen Schneeflocken zu. Dann schloss sie die Augen, um ihr Schläfchen zu halten.

Kurz darauf kam *Luna* auf eine für ihre damaligen Verhältnisse verwegene Idee. Erst setzte sie sich auf der Kratztonne auf und betrachtete meine ruhig atmende Mutter. Da von ihr keine Gefahr auszugehen schien, streckte sie ein Vorderbein aus und tastete mit der Pfote nach der Decke. Als auch das ohne Folgen blieb, wurde sie mutiger. Sie setzte den Fuß vorsichtig auf und vergewisserte sich mit einem Blick, dass meine Mutter weiterhin ruhig dalag. Dann zog sie die zweite nach – wieder erfolgte die Kontrolle. Schließlich entschloss sie sich auch eine Hinterpfote nach der anderen auf der Zudecke abzusetzen. Nun stand sie zwar mit allen Vieren auf dem Hocker der Couch, schien aber unsicher, ob sie sich dort auch hinlegen konnte.

Eine Weile betrachtete *Luna* meine Mutter, ob sie etwas dagegen haben könnte. Doch da diese schlief, war es ihr unmöglich sich zu äußern. So entschloss *Luna* sich, die Gelegenheit beim Schopfe zu packen und es sich zwischen deren Füßen bequem zu machen.

Normalerweise drehen sich Katzen gerne ein paar Mal auf der Stelle im Kreis, ehe sie sich hinlegen. Nicht aber *Luna*. Sie leckte an der Decke und bearbeitete sie gleichzeitig mit den Krallen ihrer Vorderpfoten. Dieses Treteln zeigen bereits kleine Kätzchen an der Milchleiste. Der sogenannte Milchtritt sorgt dafür, dass die Milchproduktion angeregt wird.

Erwachsene Katzen zeigen dieses Verhalten, wenn ihnen der Platz, an dem sie sich niederlassen wollen, ganz besonders gut gefällt. Es gibt einige Katzen, die nur mit den Pfoten treteln, ohne die Krallen auszufahren, was für uns Menschen wesentlich angenehmer ist. Dennoch scheint mir der Milchtritt mit Einsatz der Krallen für die Katze weitaus wohliger zu sein.

Luna konnte sich mit ihrem Lecken an der Decke und dem gleichzeitigen Treteln in einen wahren Rausch versetzen. Daher dauerte es auch einige Zeit, bis sie sich hinlegte. Ganz sicher fühlte sie sich zunächst nicht, denn ihre Augen blieben einen Spalt breit geöffnet, um die Reaktion meiner Mutter mitzubekommen.

Die nächsten Male traute sie sich zwar auf die Decke zwischen die Beine meiner Mutter zu springen, doch dann schaute *Luna* meine Mutter mit einem fragenden Blick an. Erst, wenn sie mit den Worten: „Leg dich hin, *Luna*!", die Erlaubnis erhielt, begann sie mit ihrem Leck-Tretel-Ritual.

Mehrfach versuchte meine Mutter, dieses Vorspiel abzukürzen, indem sie sagte: „Es ist ja gut, *Luna*. Leg dich hin!" Erfolg hatte sie damit jedoch nicht. Diese Katze brauchte eine gewisse Zeit, um ihren „Rauschzustand" zu erreichen. Vorher war es ihr nicht möglich, sich zunächst zusammengerollt, später auch lang ausgestreckt, zwischen die Beine meiner Mutter zu legen.

Im Schlaf schien sie sich recht sicher zu fühlen, denn dann wurde aus der zunächst auf dem Bauch liegenden, eine auf der Seite schlafende Katze. Meist benötigte sie dann so viel Platz, dass meine Mutter ihr linkes Bein vom Hocker nehmen musste, da *Luna* mit ihren Pfoten fest dagegendrückte.

Lag sie hingegen mit dem Rücken gegen dieses Bein, war es die Aufgabe meiner Mutter, dafür zu sorgen, dass *Luna* im Schlaf nicht abstürzte, wenn sie mal wieder fast die ganze Breite des Hockers einnahm.

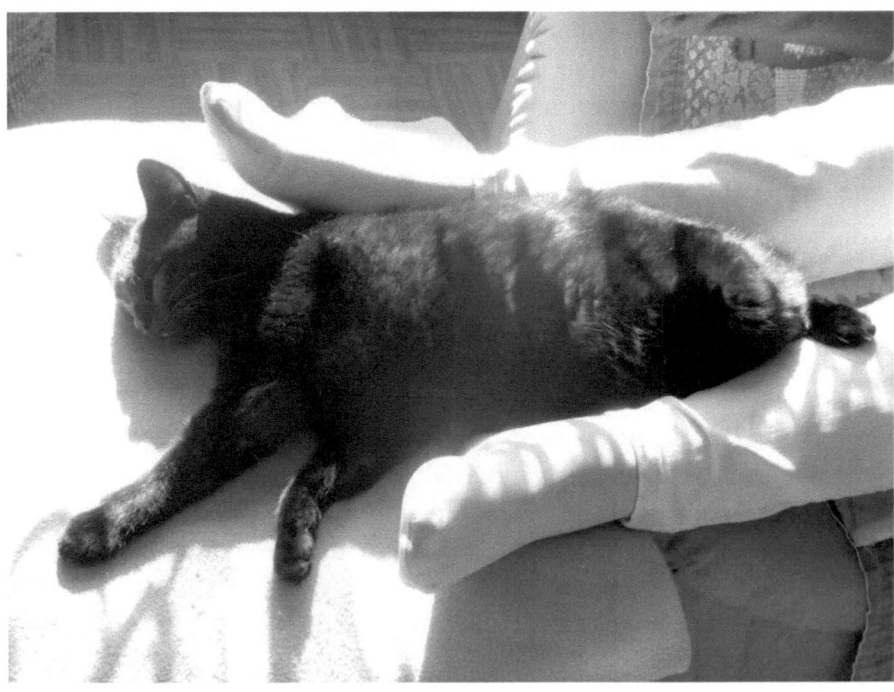

158

Schnee im März

Am 07. März 2020 schneite es. *Luna* saß auf der Fensterbank im Wohnzimmer und sah fasziniert den federleichten, weißen Dingern zu, welche vom Himmel fielen. Mir kam es so vor, als würde sie zum ersten Mal in ihrem Leben Schnee sehen.

Lange indessen hielt sie es nicht im Raum. Ihre Neugierde musste dringend befriedigt werden. Mit ihrer Hartnäckigkeit ließ sie mir keine Wahl, als sie hinauszulassen, um sich das seltsame Zeug näher anzusehen.

Lunas erster Schnee?

Leicht wie Federn fallen Flocken
aus Frau Holles weißen Kissen;
nicht nur Kinder sie verlocken,
auch manch andrer will es wissen.

Katze Luna sitzt am Fenster
mit staunend großen Augen,
will erhaschen die „Gespenster".
Ob sie wohl zum Fressen taugen?

Leider hindert sie die Scheibe
am Erreichen ihres Zieles.
Aufgeregt bebt sie am Leibe
in Erwartung dieses Spieles.

Schnell rennt sie zu ihrem Streichler,
dem sie um die Beine schmust.
Oh ja, Luna wird zum Schmeichler,
wenn du ihren Willen tust.

159

Endlich hat ihr Futterspender
Mitleid mit dem Katzentier.
Luna springt übers Geländer
vom Balkon in ihr Revier.

Kalt und nass klebt an den Pfoten,
was von drinnen sie gelockt.
„Dieses Zeug gehört verboten!",
denkt die Katze tief geschockt.

Doch die leichten Schwebe-Dinger
reizen Luna sie zu haschen.
Kätzchen ist ein guter Springer,
schnappt sie, um sie zu vernaschen.

Leider sind die Schneekristalle
viel zu rasch im Maul getaut.
Kalt sind sie in jedem Falle,
haben nicht mal eine Haut.

Nein, das ist nichts für die Katze,
die sich Spaß und Beut' erhofft,
zieht beleidigt eine Fratze.
Ihr passiert so was nicht oft!

Eisig sind schon ihre Tatzen
und das schwarze Fell ganz weiß.
musste auch ihr Traum zerplatzen,
lohnte sich's für den Beweis.

Luna schnell den Pelz jetzt schüttelt
und die Pfoten hinterdrein.
Nein, daran wird nicht gerüttelt:
Schnee ist nichts fürs Kätzelein!

Eilig macht die Luna sich
auf den Weg ins warme Haus,
fordert dort ganz eindringlich:
Will jetzt rein und nicht mehr raus!

Bald sitzt Luna still am Fenster,
schnurrt mit geschloss'nen Augen,
schert sich nicht um die „Gespenster",
die nicht zum Fressen taugen.

Rausgehrituale für den frühen Abend

Nachdem ich die ersten paar Mal mit *Luna* vor die Haustür gegangen war und wir uns gemeinsam den Garten angesehen hatten, durfte sie, wann immer sie dies wollte, alleine raus. Dies war nicht immer einfach. Auch wenn sie sich im unteren Flur herumtrieb oder mit uns in die Küche ging, wenn wir eine Mahlzeit einnehmen wollten, konnte es sein, dass sie rausgelassen werden wollte oder auch nicht.

Schließlich gewöhnte sie sich ein Ritual an, dass uns zumindest andeutete: *Luna* überlegt hinauszugehen. Sie schmuste mit dem Stuhlkissen, auf dem meine Mutter saß.

Da dies meist beim Abendessen geschah, musste meine Mutter aufstehen und mit ihr zur Haustür gehen. Wenn ich das tat, entschloss sie sich meist noch einmal um und blieb noch eine Weile drin. Für gewisse Zeiten oder Orte war eben bestimmtes „Personal" erforderlich.

Nachdem meine Mutter die innere Haustür geöffnet hatte, konnte es geschehen, dass *Luna* an ihr vorbei in den Vorbau lief und demonstrativ durch eines der getönten Glasfelder der äußeren Tür hinausblickte. Genauso oft hingegen blieb sie aber auch im Hausflur zurück und wartete darauf, zum Folgen aufgefordert zu werden.

War die Hürde geschafft und *Luna* befand sich im Vorbau, hieß das noch lange nicht, dass sie wirklich rausging, sobald meine Mutter die Tür öffnete. Es gab da mehrere Möglichkeiten, wie *Luna* reagieren konnte:

1. Die Katze ging sofort hinaus, weil alles ruhig war.
2. Die Katze blieb in der Haustür stehen und überlegte noch, ob sie wirklich hinaus wollte. Dabei gab es so einige Gründe abzuwägen:
   - Ein Auto fuhr vorbei: *Luna* wartete, bis es für unser menschliches Ohr nicht mehr zu hören war oder sie entschloss sich sicherheitshalber wieder hineinzugehen.
   - Auf der schräg gegenüberliegenden Sackgasse, die in einen Feldweg übergeht, bewegte sich ein

162

Mensch, ein Hund oder es stand ein Auto dort, wo es eigentlich nicht hingehörte.
- Irgendwo redeten Menschen.
- Spaziergänger gingen vorbei.
- Der Katze behagte das Wetter nicht. Entweder war es zu kalt, zu nass (oder beides gleichzeitig), zu heiß oder zu windig.
3. Die Katze ging hinaus, wenn meine Mutter selbst vor die Tür trat.
4. Die Katze drehte sich sofort wieder um und
- ging zurück ins Hausinnere.
- setzte sich in den Durchgang der inneren Haustür.
- rannte ins Haus und die Treppe hinauf.

Rausgehrituale für den Tag

Wollte *Luna* hingegen irgendwann tagsüber hinaus, war sie so gnädig, auch mich als Türöffner zu akzeptieren. Abgesehen davon, dass sie sich mit mir an der Haustür die gleichen Spielchen erlaubte, gab es noch eine zweite Möglichkeit nach draußen zu gelangen: die Balkontür.

Zunächst war davon nur eine vorhanden, und zwar vom Wohnzimmer auf den überdachten und zu mehr als Dreivierteln geschlossenen Balkon. Später trennten wir einen Großteil ab und schlossen das erste Stück ganz durch zwei feststehende Glaselemente und eine Doppeltür. Dahinter blieb ein überdachter und nur unten in etwa 1 Meter Höhe geschlossener Teil übrig. Dort hängt auch bis heute das Vogelfutterhäuschen an einer dünnen Kette von der Decke – unerreichbar für eine Katze.

Sehr selten zeigte *Luna* direkt, dass sie unbedingt hinaus musste. Das kam vor, wenn sie auf einer der Fensterbänke im Wohnzimmer gesessen und hinausgeschaut hatte. Dabei musste sie etwas Aufregendes entdeckt haben, wie zum Beispiel eine fremde Katze, die sich ihrem Revier näherte. Sogleich sprang sie von der

Fensterbank und sauste zur geschlossenen Balkontür. Dies war für mich das sicherste Zeichen, sie schnellstens zu öffnen. Dann gab es auch kein Gezicke. Ohne Umschweife rannte sie auf den Balkon, sprang auf das Geländer, von dort auf den rundherum laufenden Absatz, aufs Dach des Unterstandes und schließlich hinunter in den Garten.

Hin und wieder wollte sie aber auch zur Haustür hinaus, um schneller bei der Rivalin, die sich in ihrem Revier herumtrieb, anzukommen. Dann flitzte sie die Treppe hinunter und wartete auf mich ungeduldig vor der versperrten Tür im unteren Flur. Ich konnte die Haustüren gar nicht so rasch öffnen, wie es *Luna* nach draußen drängte.

Ohne die sonstigen Vorsichtsmaßnahmen schoss sie an mir vorbei, nur noch die Verteidigung ihres Jagdgebiets im Sinn. Da ich ihre Kopflosigkeit mit der Zeit kannte, überzeugte ich mich, ehe ich die äußere Haustür öffnete durchs Fenster im Vorbau davon, dass ihre „Bahn" frei war.

Rausgehritual für den späten Abend

Sobald es im Oktober 2020 abends dunkel wurde, ging sie in Richtung der Balkontür. Anders als *Kira*, die mit der Pfote an der Glasscheibe oder dem Rahmen entlangfuhr, setzte *Luna* sich selten von innen davor und schaute sehnsüchtig hinaus. Meist nahm sie vor der Couch Platz und sah mich mit weit geöffneten Pupillen an.

„Was möchtest du, *Lunchen*?", fragte ich sie. „Möchtest du spielen?"

Nachdem mein Griff nach der Spielzeugschachtel keine Reaktion hervorrief, probierte ich die zweite Möglichkeit aus. Ich stand auf und ging in Richtung Flur. Folgte sie mir nicht, wusste ich, dass sie wirklich raus wollte.

Auf meinem Weg zur Balkontür überholte sie mich meist, setzte sich neben die Tür und wartete darauf, dass ich diese öffnete. Dann aber nahm sie nicht etwa die Gelegenheit war und sauste an mir vorbei zur Abschlusstür des Wintergartens, sondern versteckte sich hinter einem der großen Blumentöpfe im Wohnzimmer.

Selbst meiner Aufforderung: „Komm, Luna! Ich lasse dich raus", kam sie nicht nach.

Daraufhin schloss ich die Tür wieder und setzte mich wieder auf die Couch.

Kurz darauf hockte *Luna* erneut in der gleichen Haltung vor mir. Also probierte ich ein zweites Mal, die Katze hinauszulassen. Wenn ich Glück hatte, versteckte sie sich zwar kurz, folgte mir aber, wenn ich durch den Wintergarten auf die äußere Tür zuging.

Sobald ich diese geöffnet hatte, überquerte sie meist rasch den Balkon und sprang auf die Brüstung, um sich einen Überblick über ihr Revier zu verschaffen. Manchmal blieb sie länger sitzen, meist aber verschwand sie recht schnell.

Hatte ich Pech, spielten wir das „Tür-auf-Versteck-Spiel" noch ein paar Mal.

Katzenwille

Kaum ist es dunkel, muss ich raus
zu einem Streifzug durchs Revier.
Manchmal fang ich eine Maus.
Um neun komm' ich zurück zu dir.

Hast du mich erst ins Haus gelassen,
baue ich mich schon vor dir auf.
Jetzt muss du dich mit mir befassen.
Als Streichler hast du's wirklich drauf!

Anschließend brauch' ich einen Snack,
denn meist knurrt mir der Magen.
Fix aufgefressen, muss ich weg,
versuch' ich dir zu sagen.

Sehnsüchtig steh' ich an der Tür
und schaue in den Garten.
Kommst du herbei und öffnest mir,
entschließ' ich mich zu warten.

Ganz schnell verschwind' ich hinterm Topf
der allergrößten Pflanze.
Was wär' ich für ein armer Tropf,
wenn nach deiner Pfeif' ich tanze!

Wo käm' ich denn als Katze hin,
würd' ich auf dich hören!
Verstecken macht da viel mehr Sinn,
das kann ich dir beschwören.

„Lun-chen, du **darfst** raus gehen!",
redet mir mein Streichler zu.
Ist von mir noch was zu sehen?
Ich tue so, als ob ich ruh'.

Dann öffnet Frau mir weit die Türe
und lockt mich glatt noch mal;
wonach ich mich dann doch noch rühre.
Was habe ich für eine Wahl?

Frische Luft umweht mein Näschen.
Und plötzlich hab' ich's eilig dann.
Ja, so ein kleines Dachhäschen
weiß immer, wie es herrschen kann.

Es ist Zeit ins Bett zu gehen

Luna war die zweite Katze – nach *Kira* – welche genau darauf achtete, wann es Schlafenszeit war. Diese Geschichte habe ich in dem folgenden Gedicht festgehalten:

Schlafenszeit

Die Katze schaut mit großen Augen
mich, die ich auf der Couch lieg', an.
Sie würd' mich gern heruntersaugen,
wüsst' sie, wie sie's erreichen kann.

„Es ist schon lange Schlafenszeit."
Das denkt sich jedenfalls die Katz'.
„Los, Mensch, steh' auf! Mach dich bereit!
Du springst jetzt auf mit einem Satz!"

Als Mensch seh' ich es gar nicht ein
dem Katzenwillen mich zu beugen.
Ich will doch nicht ihr Diener sein,
mag sie mich noch so streng beäugen.

Ganz riesig sind ihre Pupillen,
als hätte sie was Schlimmes vor.
Alarmglocken im Kopf mir schrillen.
Nach hinten legt sich jedes Ohr.

Ich frage mich: „Wird dieses Wesen
wohl tun, woran ich eben denke?"
Was aus der Haltung ich gelesen:
„Ich meinen Sprung gar trefflich lenke."

Als Mensch frag ich: „Was soll ich machen?
Geb' nach ich oder warte ab?"
Da öffnet sie den Raubtierrachen.
Zeigt sie mir, welche Chance ich hab'?

Die spitzen, messerscharfen Zähne,
sind sie der Warnung nicht genug?
Bin ich gar feig', wenn ich erwähne:
„Kündigt sie an mir ihren *Flug*?"

Dann spreizt sie auch noch ihre Pfoten,
damit ich ihre Krallen seh.
Heißt das nicht: Vorsicht ist geboten!
Gleich ich dir an den Kragen geh!

„Nun ja", denk ich, „es ist schon spät.
Ich wollte sowieso ins Bett."
Ich weiche der Brutalität
und spiele heute kein Roulette.

Als ich mich von der Couch erhebe,
wird aus dem Raubtier schnell ein Schmuser.
Den Wandel ich sehr gern erlebe,
doch bin dabei ich stets der Loser.

Bei Unzufriedenheit: Pippi-Alarm oder: Das passt mir nicht!

Ehe ich zu der noch seltsameren Angewohnheit beim Rausgehen am
späten Abend komme, muss ich auf eine kätzische Unart zu sprechen
kommen, die so einige Katzendiener auf die Palme bringt: das Frust-
Pippi-Versprühen.

   Zunächst war *Luna* eine Katze, die sich und ihre Umgebung sauber
hielt. Doch im Spätsommer des Jahres 2021 benutzte sie in den
Nächten ihr Katzenklo nicht mehr. Stattdessen spitzte sie ihren Urin

169

entweder im unteren Flur gegen den Ofen oder hinterließ Pfützen vor den von dort abgehenden Türen. Durch die Fugen zwischen den Fliesen verteilte sich die Flüssigkeit weitläufig.

Fand sich dort morgens keine ihrer feuchten Unmutsäußerungen, konnte ich davon ausgehen, dass sie gegen den Wohnzimmerschrank oder einen der großen, auf einem rollbaren Untersetzer stehenden Blumentöpfe gespritzt hatte. Da der mit einem Belag versehene Holzdielenboden alles andere als gerade ausgerichtet ist, stand die Pfütze meist an einer anderen Stelle. Wenn ich Glück hatte, lief ich nicht ausgerechnet beim morgendlichen Hochziehen der Rollläden mitten durch. Sicherheitshalber gewöhnte ich mir an, die Deckenbeleuchtung anzuschalten, wobei auch dies kein Garant für kein Missgeschick war.

Zunächst konnten wir uns nicht erklären, warum *Luna* plötzlich unsauber geworden war. Erst, als ich *Luna* die Wahl ließ die Nächte draußen oder drinnen zu verbringen, legte sich diese Unart – bis auf einige Ausnahmen. Diese rührten von der Unentschlossenheit der Prinzessin, die sich an manchen Abenden nicht sicher war, was sie wirklich wollte.

Der zweite Grund für das Frust-Pipi-Versprühen lag am Wetter, an dem ich laut *Luna* die Schuld trug. War es zu nass, kalt oder windig, konnte natürlich nur ich für diese Widrigkeit gesorgt haben, um die Katze im Haus einsperren zu können. Meine Erklärung, dass ich damit nichts zu tun hatte, kam bei ihr nicht an. Irgendjemand musste daran die Schuld tragen und das war im Zweifelsfall eben das Personal!

Luna verbringt die Nächte draußen

Meist kam *Luna* gegen 21 Uhr von ihrem abendlichen Rundgang zurück. Manchmal blieb sie auch bis 21.45 Uhr weg. Damit ich die schwarze Katze besser sehen konnte, sicherte ich die äußere Balkontür mit zwei identischen Türstoppern derart, dass sie nicht zufallen konnte. Außerdem blieb so eine ausreichend große Öffnung, durch die *Luna* hindurchschlüpfen und in den Wintergarten gelangen konnte. Zusätzlich ließ ich dort eine Lampe brennen. So konnte ich beruhigt Fernsehen schauen und hin und wieder einen Blick auf die Fußmatte werfen, welche vor der Tür vom Wohnzimmer in den Wintergarten lag.

Sobald ich *Luna* dort sitzen sah, ließ ich sie herein und fütterte sie. Anschließend legte sie sich meist auf die Decke, mit welcher meine Mutter sich zugedeckt hatte und schlief noch eine Runde.

Die erste Zeit schienen ihr diese abendlichen Ausflüge auch zu genügen und sie blieb für die Nacht drinnen. Einzig für ihr Fressen, welches ich ihr für die Nacht hinstellte, ehe meine Mutter und ich schlafen gingen, erhob sie sich nochmals.

Am Abend des 04. Augusts 2021 jedoch kam sie weder um 21 Uhr noch eine Stunde später – zur üblichen Zeit, zu der wir zu Bett gehen – nach Hause. Ich rief ihren Namen vom Balkon herunter in Richtung Garten und auch zum Nachbargrundstück. Meine Mutter versuchte es vom Küchenfenster des Erdgeschosses und von der Haustür aus. Wer nicht erschien, war *Luna*.

Ein- oder zweimal war es bereits vorgekommen, dass sie nach 22 Uhr oder auch erst gegen 22.30 Uhr heimkehrte, daher blieb ich noch einige Zeit länger im Wohnzimmer auf der Couch liegen. *Vielleicht,* sagte ich mir, *hat sie beim Lauern vor einem Mauseloch die Zeit vergessen.*

Als sie gegen 22.40 Uhr noch immer nicht vor der Balkontür saß, hielt ich vom Balkon aus erneut Ausschau nach ihr. Dann ging ich zu Bett.

In dieser Nacht schlief ich sehr unruhig, da ich mir ausmalte, was *Luna* alles passier sein konnte – angefangen vom irgendwo eingesperrt, von einem Auto angefahren oder einem Raubtier wie einem Marder, Fuchs oder Waschbären angefallen worden zu sein.

Mehrmals schaute ich nach, ob sie mittlerweile auf ihrem Platz auf der Fußmatte saß – einmal um 24 Uhr, um 1 Uhr, um 2 Uhr und gegen 3 Uhr früh.

Am Morgen saß der Fratz wohlbehalten um 6.30 Uhr vor der Balkontür und tat, als sei es das Selbstverständlichste auf der Welt,

171

dass Katze die Nacht draußen verbringt.

Erleichtert habe ich diese Geschichte in komprimierter Form in den folgenden beiden Gedichten – einmal aus meiner Perspektive und einmal aus Katzensicht – festgehalten.

Menschensorgen um eine Katze

Du gingst, wie abends meist,
noch für ein Weilchen raus.
Ich glaubte, dass du weißt:
„Um zehn muss ich nach Haus."

Doch du kamst nicht um zehn
und auch nicht um halb elf.
Die Zeit hat sich gedehnt.
Inzwischen war es zwölf.

Mit Sorgen und mit Bangen
legte ich mich schlafen.
Ich wähnte dich gefangen,
weil Feinde auf dich trafen.

Ich schlief 'ne gute Stunde,
bis mich die Sorge weckt'.
„Trägst du wohl eine Wunde?
Wo hast du dich versteckt?

Als ich nach draußen blickte,
warst du nicht vor der Tür.
Dass ich nochmals einnickte,
was kann ich wohl dafür?

Noch zweimal in der Nacht
tappt' ängstlich ich umher.
Was hat es mir gebracht?
Die Fußmatte blieb leer.

Mir träumt', dich überfielen
Fuchs, Wolf oder gar Bär.
Was taten sich durchspielen
Gedanken, die prekär.

Nachdem es endlich Morgen,
hielt mich nichts mehr im Bett.
Ich fand dich wohlgeborgen,
gestriegelt und adrett.

Mein erster Nachtausflug

Seit ich in diesem Haus hier wohne,
ist das die erste Draußennacht.
Es kümmert mich auch nicht die Bohne,
dass's Personal sich Sorgen macht.

Ganz frei durchstreif ich mein Revier,
besehe mir im Mondenschein,
was sonst am Tag gehört nur mir.
Kann Katzenleben schöner sein?

Ich schleiche auf gar manchem Pfade,
der mir so nicht erinnerlich.
Ich finde es so richtig schade,
dass dies das erste Mal für mich.

Ein Mäuschen springt mir vor die Pfoten,
das ich mir gerne einverleibe.
Was am Tag mir ist verboten,
ich in der Nacht so gerne treibe.

Wie anders sieht die Welt doch aus,
wenn sie so dunkel ist und still.
Ich lebe gern im großen Haus,
doch manchmal ich auch frei sein will.

Als mich nach Hause treibt der Hunger
und Sehnsucht nach 'nem ruhigem Schlaf,
fragt's Personal wo ich rumlunger
und ob ich auch gewesen brav.

Als Antwort streich' ich um die Beine
meiner besorgten Dienerin,
bin niedlich wie der Katzen keine.
„Sei froh, dass ich zuhause bin."

Eichhörnchenfangen

Am 26. Juli 2021 befand sich *Luna* mit meiner Mutter und mir im
Garten. Da näherte sich ein rotes Eichhörnchen. Ohne Anzeichen von
Angst rannte es auf die Linde zu und erkletterte sie, indem es ihren
Stamm spiralförmig umrundete. *Luna* hatte das flinke Tierchen
sogleich entdeckt, blieb aber auf der Wiese sitzen. Von dieser
Begegnung handelt das nachfolgende Gedicht.

Die Hauskatze und das Eichkätzchen

Übern Rasen huscht ganz flink
ein rotes, schlankes Eichhorn.
Hoch im Baume schimpft ein Fink,
überhäuft's mit Vogelzorn.

Dann schleicht auch noch eine Katz'
durchs frisch gemähte Gras,
denkt, sie könnt' mit einem Satz
Fressen finden im Übermaß.

Doch das Hörnchen ist ganz schnell
am Stamm hinaufgeklettert;
gewinnt jedes Höhen-Duell,
hat der Katze eins „geschmettert".

Verdutzt, wie rasch der rote Wicht
auf den ersten Ast geklommen,
verzieht die Katze das Gesicht
und schüttelt sich benommen.

Der Fink fliegt vorsorglich hinfort,
will nicht zur Beute werden.
Zwei Feinde gleich am gleichen Ort
sind zwei zuviel auf Erden.

Keins der Kätzchen hat gesehn
wie der Vogel ist entfleucht,
kannten nur ihr Jagdgeschehn,
das einander aufgescheucht.

„Dich schnapp‘ ich mir, du kleiner Wicht!“,
denkt sich die Katze aus dem Haus.
„Dir blase ich dein Lebenslicht
in wenigen Sekunden aus!“

Das Hörnchen lacht und meint ganz frech:
„Das wollen wir mal sehen!
Bei mir da hast du leider Pech.
Das wirst du gleich verstehen.“

Die Katze zunächst Anlauf nimmt
und stürmt zu auf den Baum.
Das Hörnchen etwas höher klimmt,
erweitert seinen Fluchtraum.

Auf halber Stammeshöhe
verlässt die Katz‘ die Kraft
Oder jucken gar die Flöhe,
dass sie es nicht geschafft?

Kurz krallt sie in die Rinde
die Nägel fest hinein,
doch heut‘ soll diese Linde
ihr Mount Everest sein.

Frustriert lässt sie sich fallen
und landet weich im Gras.
Von oben hört sie schallen
des Eichhorns Kecker-Spaß.

„Nun gut“, sagt sich das Katzentier,
„für heut‘ bist du entronnen.
Doch morgen, das versprech‘ ich dir,
werd‘ ich‘s sein, die gewonnen.“

Befriedigt zieht die Katze ab
und denkt vergnügt an morgen.
Das Hörnchen lacht im Baum sich schlapp
und fühlt sich dort geborgen.

Als es die Katze nicht mehr sieht,
verlässt das Hörnchen seinen Platz.
Nein, ein Eichhorn niemals flieht,
hat noch Freud' bei jeder Hatz.

Schweigend steht die Linde da,
die bei allem zugesehen.
Wird, was heute Spaß noch war,
morgen schlimm ausgehen?

Luna sitzt auf dem Garagendach

Am frühen Morgen des 21. Augusts 2021 saß *Luna* nicht wie sonst auf der Fußmatte im Wintergarten und wartete darauf, von mir hereingelassen zu werden. Sogleich ging ich auf den Balkon hinaus und suchte erst einmal die nähere Umgebung nach ihr ab.

Ich sah sie weder auf dem Dach des Unterstandes, auf einem der Gartenwege oder im Hof des Nachbarn auf der anderen Straßenseite.

Erst, als ich nach ihr rief und auf das Garagendach hinunterblickte, fand ich, was ich gesucht hatte. Seltsamerweise antwortete sie mir, ganz gegen ihre sonstige Gewohnheit. Wahrscheinlich hatte sie schon länger dort gehockt.

„Komm hoch!", lockte ich sie, doch scheinbar war ihr das nasse Blech, welches auf dem Umlauf des Balkons befestigt war, zu glatt. Als mir ihr Dilemma klar wurde, meinte ich: „Warte, *Luna*, ich komme nach unten!"

Da ich noch mein Nachthemd trug und es für die Jahreszeit recht kühl war, wollte ich nicht hinauslaufen. Dennoch musste ich mein Kätzchen aus seiner Bedrängnis retten. Also lief ich ins Esszimmer, welches sich im Erdgeschoss befand und zog dort die Rollläden hoch. Dann öffnete ich einen Flügel des bodentiefen Fensters, welches in den unteren Hof hinaus ging.

Luna saß noch immer auf dem Garagendach, diesmal aber am entgegengesetzten Ende, welche an den Hof grenzte.

„Spring auf die Mauer, Lunchen!", forderte ich sie auf, wobei sie mauzte, als sei sie sich unsicher, ob sie dass überhaupt könnte. „Komm, Luna! Du kannst das!", redete ich weiter auf sie ein.

Als hätte es nur meiner Aufforderung bedurft, sprang sie auf die das Grundstück nach hinten begrenzende Mauer und von dort in den Hof. Dort jedoch schien sie erneut unsicher zu sein, ob sie die Höhe bis auf die Fensterbank bewältigen könnte.

„Du schaffst das, Luna", feuerte ich sie an. „Du hast das schon einmal geschafft. Komm, spring! Ich weiß, dass du das kannst."

Nochmals gab sie mir mit einem „Mau" zu verstehen, dass sie sich da bei weitem nicht so sicher wäre. Dennoch setzte sie aus dem Stand zum Sprung an. Glücklich landete sie auf der etwas glatten Metallfensterbank, schien aber weder abzurutschen noch das Gleichgewicht zu verlieren. Mit einem Schritt über den Rahmen erreichte sie den sicheren Fliesenboden des Esszimmers.

Während sie mir schnurrend – was bei ihr ja recht selten vorkam – um die Beine strich, streichelte ich sie. Zusätzlich lobte ich sie: „Das hast du gut gemacht, mein Lunchen! Siehst du, ich wusste doch, dass du so hoch springen kannst."

Diese Überzeugung hatte ich nicht einfach aus der Luft gegriffen, denn Luna hatte diesen Sprung bereits einmal bewältigt, wobei sie bei dem ersten Mal fast abgestürzt wäre, hätte sie sich nicht mit beiden Vorderpfoten in den Rahmen gekrallt. Damals hatte ich sie durch Zufall im Hof vorgefunden. Wahrscheinlich war sie auch an diesem Tag aufs Garagendach gesprungen und hatte keine Möglichkeit, gesehen wieder auf den Balkon zu gelangen.

Dieses zweite Mal war ihr wohl eine Lehre gewesen, denn danach hatte ich sie nie wieder vom Garagendach retten müssen. Aber gerade dies hatte ich auch beabsichtigt.

Hinter der Mauer, auf dem Nachbargrundstück, befand sich ein

Hund. Inwieweit *Luna* und er sich verstanden hätten, wollte ich nicht ausprobieren. Außerdem hatte ich keine Lust, meine Katze vom einzigen Baum auf der Wiese meiner Nachbarn herunterholen zu müssen.

Höhenproblem

Nächte draußen zu verbringen,
ist der Katze höchste Freud'.
Sie kann schleichen oder springen,
ohne, dass es sie gereut.

Sitzt am Morgen sie gesittet
auf der Matte vor der Tür,
freut sich, wenn man rein sie bittet,
bedankt schmusend sich dafür.

Jüngst, da ist es vorgekommen,
dass sie morgens nicht dort saß.
Als ich rief, hab' ich vernommen:
Auf dem Dach hockte das Aas.

Runter aufs Garagendach
ist sie vom Balkon gesprungen,
ruft mir zu ihr Weh und Ach,
hat mir dann was *vorgesungen*.

„Ich komme nicht mehr hoch zu dir,
denn der Rand ist viel zu glatt.
Rette mich! Ich habe hier
die Warterei auf dich so satt!"

„Halte aus, mein Katzentier!
Ich gehe jetzt hinunter,
öffne gleich ein Fenster dir.
Dort hinein springst du dann munter."

Von dem Dach, flugs auf die Mauer,
springt die Katze in den Hof.
Ist sie jetzt ein wenig schlauer?
Nein, sie war noch niemals doof!

Zweifelnd, ob den Sprung sie meistert,
blickt sie fragend mich erst an.
Ich bin es, die sie begeistert,
dass sie es doch wagen kann.

Ja, sie kann mir voll vertrauen,
denkt sie sich und wagt den Satz.
Immer kann sie auf mich bauen,
mein süßer, kleiner Mieze-Schatz!

Schnurrend streicht mir um die Beine
das hocherfreute Kätzelein.
Ich bin ihr und sie die meine.
Was kann denn noch schöner sein?

Dialekte bei der Körpersprache?

Nachdem ich vor *Luna* mit einigen Katzen zusammengelebt habe,
glaubte ich an ihrer Körpersprache ablesen zu können, in welcher
Stimmung sie waren. Ihre Vorgängerinnen und Vorgänger waren
stets klar zu lesen gewesen.

Saß Katze vor ihrem Napf, hatte sie Hunger, schlug sie mit dem
Schwanz, war sie mit Vorsicht zu behandeln. Riesige Pupillen kannte
ich als Staunen oder Spielfreude. Wenn Miez raus wollte, setzte sie

sich demonstrativ neben die Tür und ging dann auch ohne Mätzchen nach draußen, sobald ich ihr öffnete.

Bei *Luna* hingegen war ich mir nie so ganz sicher, was sie wirklich wollte. Mal schlug sie mit dem Schwanz, während sich gleichzeitig ihre Pupillen vergrößerten. Glaubte ich erkannt zu haben, dass sie hinausgelassen werden wollte, drehte sie sich um, sobald ich nur in die Nähe der Tür kam oder sie öffnete und versteckte sich. Außerdem warnte sie niemals mit Fauchen oder Knurren vor einem Angriff. Sie war und blieb bis zuletzt stets undurchschau- und unberechenbar.

Missverständliche Zeichen

Wenn Katzen mit dem Schwanz leicht schlagen,
tun ihren Unwillen sie kund.
Hört man ihr Schnurren, sollt' man sagen,
fühl 'n sie sich gut in der Sekund'.

Doch Luna ist da anders drauf,
kann beide Zeichen gut vereinen.
Sie schnurrt und wackelt dann gleichauf
mit ihrem Schweif, dem seidig feinen.

Ein JA heißt wackeln mit dem Ohr.
Bei NEIN bewegt die Schwanzspitz' sich.
Kommt beides gleichzeitig mal vor,
meint sie damit: „Ich weiß es nich'."

Starrt sie auf meine Füße drauf,
wenn auf der Couch ich liege,
heißt das: „Jetzt steh doch endlich auf,
weil ich nun Hunger kriege!"

Hab' ich die Füße auf der Erden,
dann muss vorsichtig ich sein,
dass sie nicht ihre Beute werden
und Katz' haut ihre Krallen rein.

Stößt aus sie einen Jammerlaut,
so bin ich sofort auf der Hut.
Gleich ob sie beißt oder mich haut;
ich weiß, wie weh das tut.

Möchte' Luna zur Türe raus,
setzt sie sich davor von innen
und blickt sehnsüchtig hinaus,
als könnt' sie Freiheit gewinnen.

Öffne ich die Tür ihr dann,
versteckt sie sich ganz schnell;
schließe ich sie irgendwann,
ist sie erneut zur Stell'.

Wieder fängt vorne an
sie das Spiel von eben,
bis sie sich entschließen kann
der Sehnsucht nachzugeben.

Lunchen ist ein Unikum
mit eigenen Gesetzen,
dabei ist sie gar nicht dumm,
lässt sich nur nicht hetzen.

Ein Revier muss verteidigt werden

Außer *Luna* gab es in der Gegend noch drei weitere Katzen, die ich öfter zu Gesicht bekam.

Zum einen war da eine zierliche Schwarze mit einem weißen

Brustfleck. Sie war scheu und stellte für *Luna* scheinbar keine Bedrohung dar. Falls *Luna* diese Katze erblickte, wenn sie raus wollte, warf sie nur einen Blick auf sie, ging aber stets ruhig ihrer Wege. Die schwarze mit dem Brustfleck schien kein Heim zu haben, wurde aber von einer Frau in unserer Straße gefüttert.

Zum anderen lief eine junge, weißfellige Katze mit schwarzen und grauen Flecken herum. Sie wohnte in der Seitenstraße und schien *Luna* meist aus dem Weg zu gehen, obgleich sie gerne eine Abkürzung durch unseren Garten nahm. Einige Male habe ich auch gesehen, dass *Luna* und sie sich gegenüberstanden. Doch stets gingen diese Begegnungen so aus, dass die Nachbarkatze in geduckter Haltung und zeitlupenartigen Bewegungen das Weite suchte.

Zum dritten gab es die übergewichtige, hellgrau-weiße Katze aus der Straße „Beulersahlen". Sie wurde von der bereits oben erwähnten Frau gefüttert, obgleich jeder ihr ansehen konnte, dass der dicke „Brummer" diese Futterstelle nicht nötig hatte. Wahrscheinlich setzte er sich gegen die zierliche Schwarze durch und inhalierte das Fressen.

Mit diesem „Brummer" legte *Luna* sich mehrfach an. Zweimal habe ich von ihren Kämpfen die lautstarke Auseinandersetzung mitbekommen. Die Ergebnisse waren eine größere Ansammlung von schwarzen und grau-weißen, ausgerissenen Haarbüscheln, wobei die letzteren überwogen. Dennoch musste meine humpelnde *Luna* als Siegerin aus diesen Revierkämpfen hervorgegangen sein, denn in der nächsten Zeit schlich der „Brummer" nur noch geduckt und vorsichtig durch unseren Garten. Hin und wieder sah ich ihn auf dem Bürgersteig an unserem Grundstück vorbeischleichen, wobei er stets nach *Luna* Ausschau hielt. Allerdings schien er sich auch vor uns zu fürchten, denn sobald wir auch nur ein Fenster öffneten, rannte er – was man der fremden Katze mit ihrer Leibesfülle gar nicht zugetraut hätte – die Straße rauf oder runter.

Den ersten Kampf, den ich, wie gesagt durch das gegenseitige Ankreischen akustisch mitbekam, mussten die beiden Katzen wohl auf dem Rasen vor unserem Haus begonnen haben. Dort jedenfalls fand ich einige wenige, in der Hauptsache grau-weiße, Haarbüschel.

Dann musste sich die Auseinandersetzung im an den Rasen grenzenden Rosenbeet fortgesetzt haben. Die entscheidende Phase schien sich indessen auf dem darunterliegenden mit Betonplatten befestigten Weg abgespielt haben. Hier lag die meiste „Wolle". Außerdem lässt sich nur so erklären, warum *Luna* schließlich auf einem Hinterlauf hinkend hereinkam. Sie muss bei der Schlägerei wohl von der 30 Zentimeter hohen Mauer vom Rosenbeet auf den Weg gestürzt sein.

Sie lief auf drei Beinen, was uns so bedenklich erschien, dass wir den Tierarzt aufsuchten. Zum Glück hatte sie sich nur etwas gezerrt. Ein Schmerzmittel und etwas Ruhe sorgten dafür, dass sie sich schnell wieder erholte. Dennoch hatte sie erreicht, dass ihre Gegnerin lange einen großen Bogen um unser Grundstück und *Luna* machte.

Was ich hier mit „den Tierarzt aufsuchen" so locker erwähnt habe, gestaltete sich als längerfristige Fangaktion. *Luna* war nämlich gar nicht erbaut von unserem Ansinnen, sie in die Transportbox zu stecken.

Zuerst rannte – man glaubt gar nicht wie flink eine Katze selbst auf drei Beinen noch sein kann – sie uns davon auf den Speicher. Dort versteckte sie sich hinter der schrägstehenden MDF-Platte, welche gegen die Türen des Drempels lehnte. Zum Glück konnte sie nicht im Drempel selbst verschwinden, da ich in weiser Voraussicht die lose Tür geschlossen hatte. Dennoch mussten meine Mutter und ich die schwere Platte zur Seite räumen, um an *Luna* heranzukommen. Diese Zeit nutzte sie allerdings, um auf die andere Seite des Flurs zu huschen. Dort war es für uns wesentlich schwieriger, sie mithilfe der Box einzufangen.

Fast wäre sie die Treppe hinunter geflohen, überlegte es sich im letzten Moment aber noch einmal anders und rannte in die gegenüberliegende Ecke. Dort gelang es uns, sie mit Transportbox und einer Decke endlich einzufangen. Dabei spreizte sie mindestens ein Dutzend Beine, versuchte nach oben zu springen und biss mit mindestens drei Mäulern um sich. Doch die Decke verhinderte sowohl ihre Flucht als auch, dass meine Mutter mögliche Verletzungen davon trug.

Nach dieser Aktion waren wir nicht minder atemlos wie die Katze. Bei der zweiten Prügelei mit der gleichen Katze hinkte sie nur leicht. Diesmal reichte das Schmerzmittel, welches ich ihr verabreichte, aus, um sie drei Tage später wieder ganz normal laufen und springen zu lassen. Ein Besuch beim Tierarzt war nicht notwendig, was wir wohl alle nach dem Erlebnis bei der ersten Fangaktion begrüßten.

Lunas plötzlicher Abschied

Am 20. Oktober 2021 um 10 Uhr hatte ich mit *Luna* einen Tierarzttermin. Sie war in den Tagen davor recht mäkelig mit ihrem Futter gewesen und wollte auch kein Trockenfutter. Zunächst glaubte ich wieder einmal, dass sie das große „NÖ" hatte. Doch niemals zuvor hatte sie dabei das Trockenfutter verweigert.

Aus der Erfahrung mit *Kleckschen* tippte ich dann auf Zahnschmerzen, obwohl ich *Luna* nichts ansah. Zumindest hatte sie keinen dicken Backen. Andererseits konnte auch ein Zahn wehtun, der weiter vorne saß.

Ich fürchtete mich bereits vor dem Einfangen, denn dabei würde uns wieder eine wilde Jagd bevorstehen. Zuletzt hatten wir dies erfahren, als sie nach einer Prügelei mit einer anderen Katze humpelte.

Luna lag auf der Couch, als ich die Transportbox vom Speicher holte. Mit der Befürchtung sie gleich wieder hinaufschleppen zu können, kam ich die Treppe herunter. In meiner Fantasie sah ich sie bereits an mir vorbeisausen.

Stattdessen sprang sie langsam von der Couch und kam neugierig auf die mittlerweile auf dem Boden in der Türöffnung stehende, geöffnete Box zu.

Meine Mutter und ich sahen uns erstaunt an. War das noch der wilde Panther, als den wir *Luna* kennengelernt hatten?

Diesmal bedurfte es noch nicht einmal des Einsatzes einer Decke, damit meine Mutter sie in den Transportkorb schieben konnte. Kein

186

Abspreizen der unendlich vielen Beine, kein Schnappen mit mehreren Mäulern. *Luna* ging mit etwas Druck fast von selbst hinein.

Auf der Fahrt zum Tierarzt beschwerte sie sich zwar die ganze Zeit über, pinkelte aber nicht auf das in der Box liegende Duschtuch.

Abwechselnd redeten meine Mutter und ich mit *Luna*. Wir erklärten ihr, dass wir sie zum Tierarzt bringen würden, damit ihr geholfen wurde. Dennoch zeigten wir auch Verständnis dafür, dass sie – wie die meisten Katzen – nicht gerne Auto fuhr und das sagten wir ihr auch immer wieder.

Als wir bei der Praxis ankamen, meldete ich *Luna*, die ich in der Box mit hineinnahm, sofort an. Da kurz vor der freien Sprechstunde, welche um 10 Uhr begann, nicht viel los war, kamen wir schnell dran.

Wegen den Corona-Regeln musste ich durch eines der drei bodentiefen Fenster, die jeweils in ein Sprechzimmer führten, eintreten. Dort übergab ich die Transportbox an eine Helferin, die sie auf den Behandlungstisch stellte. Ich schloss die „Tür" hinter mir, musste aber hinter einer Glaswand bleiben.

Die wenig später den Raum betretende Tierärztin fragte nach dem Grund, weshalb ich mit *Luna* gekommen wäre. Ich erzählte ihr, dass sie seit Tagen schlecht fressen würde und dass ich Zahnschmerzen vermutete.

Auf die Frage, wie zugänglich die Katze sei, meinte ich: „Beim letzten Besuch hier war sie ganz lieb, anders als zuhause. Dennoch sollten Sie vorsichtig sein, denn *Luna* kann von einem Moment zum anderen ihre Stimmung ändern."

Nachdem die Sprechstundenhilfe die Tür des Transportkorbes geöffnet hatte, spazierte *Luna* ganz selbstverständlich heraus auf den Tisch. Zunächst blickte sie sich interessiert um und schien auch recht umgänglich zu sein. Als ihr aber die Untersuchung mit Stethoskop und Fiebermesser zuviel wurde, zeigte sie das sehr deutlich.

Plötzlich schrie die Tierarzthelferin, welche sie festhielt: „Sie hat mich gebissen!"

Luna, die nun frei war, sprang, als ginge sie das alles nichts an, vom Behandlungstisch und schaute sich in aller Ruhe im

187

Sprechzimmer um. Die Griffe der untersten Schubladen an den Schränken benutzte sie sogar dafür, um ihre Vorderpfoten daraufzustellen und somit einen besseren Überblick zu erhalten.

Während die verletzte Person den Raum verließ, hob die Tierärztin *Luna* vom Boden auf und stellte sie zurück auf den Tisch. Inzwischen hatte die Azubine die Transportbox ebenfalls dort platziert, sodass *Luna* wieder hineinlaufen konnte. Als die Tür hinter ihr verschlossen war, wandte sich die Tierärztin an mich.

„Sie hat einen entzündeten Zahn, der entfernt werden muss, weshalb sie wahrscheinlich so stark riecht. Dennoch möchte ich ihr gerne Blut abnehmen, um weitere Gründe auszuschließen. Außerdem möchte ich sie leicht sedieren."

Ich stimmte zu.

„In etwa 20 Minuten sind die Blutwerte abrufbar, dann rufe ich sie wieder herein. Wie kann ich sie erreichen?"

„Ich habe kein Handy, weshalb sie mich nicht telefonisch erreichen können. Mein Auto ist das kleine weiße dort ganz vorne auf dem Parkplatz", informierte ich sie, woraufhin sie meinte, dass sie herauskäme, um mich zu rufen. Dann verließ ich den Raum.

Gemeinsam mit meiner Mutter, der ich erzählte, was sich zugetragen hatte, wartete ich im Auto.

Nach einer halben Stunde war noch immer niemand gekommen, um mich zu holen. Daraufhin ging ich zur Anmeldung und fragte dort nach, ob sie mich aufzurufen vergessen hätten. Die freundliche Dame bat mich, im leeren Wartezimmer Platz zu nehmen. Sie würde die Ärztin verständigen.

Es dauerte nochmals etwa zehn Minuten, bis diese erschien und mir eine Mitteilung machte, die mich schockte.

„Entschuldigen Sie, dass es so lange gedauert hat, aber ich habe die Blutwerte zweimal durchlaufen lassen, weil ich glaubte, dass das Gerät kaputt sei", sagte sie zu mir.

Fragend sah ich sie an. „Und was bedeutet das?"

„Sämtlich Nierenwerte sind so hoch, dass sie nicht mehr messbar sind. Eigentlich müsste die Katze im Koma liegen", entgegnete sie mir kopfschüttelnd. Sie konnte selbst nicht begreifen, dass *Luna* noch so munter war.

Mir wurde mit einem Schlag klar, was diese Auskunft bedeutete: *Luna* konnte nicht mehr geholfen werden. Mit Tränen in den Augen sagte ich: „Dann soll sie nicht länger leiden. Mir ist klar, dass es nur eine Lösung gibt."

„Wenn die Werte nicht so hoch wären und die Katze kooperativer, hätten wir es mit Infusionen versuchen können ...", meinte sie noch.

„Selbst mit niedrigeren Werten, würde *Luna* da nicht mitmachen. Sie haben ja gesehen, wie unberechenbar sie ist", erklärte ich, während mir die Tränen über die Wangen liefen. „Lassen wir sie gehen. Ein Mensch muss bis zum Schluss durchhalten, aber einem Tier kann viel Leid erspart werden."

„Das ist die richtige Entscheidung", stimmte die Tierärztin mir zu. „Ich suche uns einen freien Raum. – Möchten Sie dabei sein?"

„Ja, *Luna* soll nicht allein sein", schluchzte ich, obwohl ich mir sicher war, zu *Lunas* Wohl entschieden zu haben.

Mein Gegenüber nickte nur und ging.

Einige Minuten später kam die Tierärztin zurück. Gemeinsam suchten wir einen kleinen, fensterlosen Behandlungsraum im Inneren der Praxis auf. Die Transportbox mit *Luna* stand auf dem die Zimmermitte beherrschenden Tisch.

„Ich hole mir eine Helferin", informierte mich die Tierärztin und verließ nochmals den Raum.

Während ich auf ihre Rückkehr wartete, redete ich mit meinem Panther. Da sie keine Aggression zeigte, streichelte ich sie durch das Gitter der Tür mit einem Finger. Mal drückte sie ihr Hinterteil, mal ihr Köpfchen seitwärts an die Stäbe, als wollte sie mir beweisen, dass sie mir nichts tun würde. Die Box öffnen oder gar Luna herauslassen wollte ich auf keinen Fall. Wer konnte schon wissen, auf welche Ideen mein kleines Raubtier verfallen würde?

„Bald hast du es geschafft, *Lunchen*", redete ich auf die entspannt wirkende Katze ein. „Nicht mehr lange und du wirst über die weiten Ebenen laufen. Dann wirst du wieder gesund sein."

Als die Tierärztin mit ihrer Helferin eintrat, ging ich ein Stück zurück – was in dem winzigen Raum nicht einfach war – und ließ die

189

beiden routiniert arbeiten.

Für das Setzen der beiden Spritzen durfte *Luna* noch mal alleine aus der Box steigen. Dann hielt die Helferin – dieses Mal mit dicken Handschuhen bewaffnet – die Kätzin fest, bis die Tierärztin das erste Mittel gespritzt hatte.

Ich fand es schon seltsam, wie ruhig *Luna* blieb. Ich war mir sicher: Sie wusste, dass ihr diesmaliges Erdenleben zu Ende ging. Ohne Murren lief sie zurück in ihre Transportbox.

Danach verließen die beiden Frauen den Raum nochmals für einige Minuten.

Während ich mit den Tränen und meinem Schmerz kämpfte, redete ich ruhig auf *Luna* ein. „Leg dich hin, mein *Lunchen*! Leg dich hin und schlaf! Wenn du aufwachst, bist du frei."

Das Schlafmittel wirkte recht schnell. Bald legte sie sich ab, kurz darauf ließ sie auch den Kopf auf den Boden der Box sinken.

„Schlaf schön, mein Schatz. Vielleicht triffst du ja *Kira*. Grüße sie von mir", flüsterte ich mit vor Trauer und Tränen erstickter Stimme.

Wenig später kam die Tierärztin zurück, blickte in die Box und testete die Reflexe. „Sie schläft tief", sagte sie zu mir. Nun holte sie *Luna* heraus und setzte die zweite Spritze.

Diesmal blieb sie im Raum. Nach kurzer Zeit holte sie ihr Stethoskop und lauschte auf den Herzschlag. „Sie hat es überstanden", meinte sie und nickte mir zu. „Ich lasse Sie noch einen Moment allein, damit Sie sich verabschieden können."

Als sie die Schiebetür hinter sich geschlossen hatte, fuhr ich *Luna* mit einem Finger über die linke Vorderpfote. Gerne hätte ich auch einmal mit den Fingerrücken an der Kehle entlanggefahren, aber dies schien mir zu übergriffig zu sein. Ich hatte das Gefühl, dass sie dies nicht gewollt hätte.

„Mach's gut, *Lunchen*", schluchzte ich. *Vielleicht kommst du eines Tages einmal in einem anderen Pelzchen zu mir zurück*, dachte ich, während mir die Tränen nur so über die Wangen rannen.

Als die Tierärztin wieder eintrat, hatte ich mich etwas gefasst.

„Es war die richtige Entscheidung", versuchte sie mich zu trösten.

Ich nickte nur und nahm die Transportbox vom Boden auf.

„Möchten sie die Katze mitnehmen oder …", fragte sie, unterbrach sich aber, als ich die Gittertür schloss.

„Nein", brachte ich kopfschüttelnd heraus und verließ den Raum.

„Gut, ich werde mich um alles Weitere kümmern", meinte sie.

Ich ging zur Anmeldung und bat um die Rechnung, die mir, nach Rücksprache mit der Tierärztin, sofort ausgehändigt wurde. Nachdem ich sie mit der EC-Karte bezahlt hatte, verließ ich mit meiner leeren Transportbox die Praxis.

Als ich am Auto ankam, verstaute ich die Box auf dem Rücksitz und schnallte sie fest. Dann setzte ich mich auf den Fahrersitz und sagte zu meiner Mutter: „*Luna* musste eingeschläfert werden. Die Nierenwerte waren dermaßen hoch …"

Ich brauchte ein paar Minuten, bis ich losfahren konnte. Unterwegs erzählte ich meiner Mutter, was die Tierärztin mir gesagt hatte. Es tat gut, darüber zu reden, aber es schmerzte auch.

Noch heute, am 8. Februar 2022, da ich diese Zeilen schreibe, laufen mir die Tränen über die Wangen und meine Trauer übermann mich wieder.

Wenn es nach meiner Mutter geht, werden wir keine Katze mehr bei uns aufnehmen. Es tut sehr weh, so kurz hintereinander zwei geliebte „Pelzchen" zu verlieren.

191

Dank

An erster Stelle gebührt allen in diesem Buch genannten Katzen mein Dank dafür, dass sie mit mir ein Teilstück ihres und meines Lebensweges gegangen sind. So manches Mal haben sie mich aus den tiefen Tälern wieder auf die Höhen geleitet. Sie alle haben mich viel gelehrt und zu manchem Gedicht inspiriert.

Kira und *Luna* – die wohl außergewöhnlichsten Persönlichkeiten – finden sich in abgewandelten Formen sogar in zweien meiner Romane wieder.

Danke auch meiner Mutter, die stets an meiner Seite steht und sämtliche Stürme mit mir durchgestanden hat. Mit ihrer Hilfe sind so einige verschüttet geglaubte Erinnerungen wieder zutage getreten.

Die Jagd nach dem Fehlerteufel, der sich allzu gerne in die Texte verirrte, nahm Uschi auf. Meine Schwester grub einige Bilder aus oder brachte sie in die richtige Form. Michaela, du hast mit deinem Einsatz dieses Buch wesentlich bereichert.

Anmerkungen

So manches Bild hat leider nicht die Schärfe und Auflösung der heutigen digitalen Fotos. Zum Teil sind sie bereits älter oder mit Kameras aufgenommen worden, welche nicht dem neuesten Stand der Technik entsprechen.

Leider gibt es keine Fotos von den Katzen *Sunny*, *Tapps*, *Mucki* und *Puck*. Um eine ungefähre Vorstellung von deren Aussehen zu erhalten, habe ich Bilder ähnlich aussehender Katzen an den Beginn der jeweiligen Kapitel gestellt.

Über die Autorin

Andrea Rohn lebt in einem kleinen Ort im Westerwald.
Seit ihrer Kindheit schreibt sie Fantasy-Geschichten und Lyrik. Ihre Sensibilität half ihr bereits früh, sich in fremden Welten heimisch zu fühlen und Figuren mit Tiefgang und Wiedererkennungsfaktoren zu erschaffen. Speziell die Lyrik wurde für sie zu einem Ventil der Verarbeitung ihrer, mit den Jahren fortschreitenden, seltenen Erkrankung.
Einige ihrer Gedichte wurden in Anthologien veröffentlicht. Im Lyrik-Band „Es floss so flink aus meiner Feder" zeigt sie ihr breites Ideen-Spektrum. Mit dem Gedicht-Band „Weiches Fell mit klugem Köpfchen" stellt sie die vielen Facetten der Katzen in den Mittelpunkt.
In einem Roman-Zyklus über das Großkönigreich von *Glendalach* entführt sie in eine Welt voller Magie. Dennoch kämpfen ihre Protagonisten mit sehr menschlichen Problemen und Gefühlen.
Sie ist Mitglied der Autorenwerkstatt „Flügelwort" und eines privaten Frauen-Schreibkreises.

Bereits erschienen:

Dieses Buch erzählt
Geschichten in
verkürzter Form. Denn
Gedichte sind
komprimierte
Verserzählungen. Sie
nehmen mit auf Reisen
durch die Jahreszeiten
oder versetzen in
Weihnachtsstimmung.
Man lernt Tiere und

Pflanzen auf ganz neue Art kennen. Auch das Leben selbst wird mal
heiter, mal treffend, vor Augen geführt. Es erschließen sich
ungeahnte Wege und man steigt in die Tiefen des Selbst hinab. Zum
Schluss erfreuen besondere Gedichtsformen wie Haiku oder Elfchen.

Bereits erschienen:

Jede Katze ist besonders
und einmalig. Dies zeigen
die in diesem Lyrik-Band
versammelten Gedichte
und Fotos sehr
anschaulich.

Von Kitten, welche die
Welt erobern, bis zu
Erlebnissen in der
Advents- und Weihnachtszeit sind viele
Begebenheiten mit den Fellschönheiten hier festgehalten.
Es folgen teils lustige, teils interessante Begegnungen mit
erwachsenen Katzen. Natürlich kommen die „Pelzchen" in einem
eigenen Kapitel auch selbst zu Wort.

Bereits erschienen:

Der 17jährige Bastard Fanai versteht die Welt nicht mehr. Was ist mit seinem Vater, dem Baron Dekert von Karelien, los?

Hängt seine Veränderung vom brutalen Schläger zum Familienmenschen und gerechten Herrscher mit seinen zwei neuen Leibwächtern zusammen?

Ist einer von beiden ein Magier?

Wie kann sich Fanai, der uneheliche Sohn einer Heilerin, vor seinen adligen Brüdern Drutmar und Ebermut schützen? Werden sie ihn weiterhin missbrauchen? Oder bahnt sich auch hier eine Wende durch den undurchsichtigen Leibwächter Sir Rabanus an? Gibt es einen Zusammenhang zwischen jenen seltsamen Träumen und der Prophezeiung über die Götter? Ist Fanai etwa selbst der dort verheißene Wanderer?

Bereits erschienen:

Fanai hat es unter Einsatz seines Lebens geschafft, Dilar in den Gott des Wassers zurück zu verwandeln.

Obwohl er seinen Halbbruder Ebermut nun nicht mehr fürchten muss, stellt sein sadistischer Bruder Drutmar eine nicht zu unterschätzende Gefahr dar. Zusätzlich lockt der Gott des Feuers Fanai in einige Fallen.

Auch seine Beziehung zu Sir Rabanus ängstigt und verwirrt Fanai weiterhin.

Soll Fanai seinen Weg zu Ende gehen und trotz aller Widrigkeiten dafür sorgen, dass auch Catandra und Adalar in die Gottheiten der Erde und des Windes zurück verwandelt werden?

Bereits erschienen:

Wer ist der tangalanisch sprechende Knabe im Ordensgewand eines „Elemente-Ritters"? Kann seine rätselhafte Warnung die Ordensmitglieder noch rechtzeitig vor der Gefangennahme retten? Kaum zum Ritter geschlagen, packt Jaren der Übermut. Er lässt sich auf ein riskantes Intrigenspiel ein.

Zur Strafe wird er zum Knappen degradiert. Doch damit nicht genug: Ausgerechnet der undurchsichtige Magiersohn Master Da'Simh zwingt ihn in seine Dienste. Gleichzeitig erhebt auch dessen Bruder Sir Cameron diesen Anspruch. Auf einer Reise quer durch das Großkönigreich Glendalach muss Jaren sich bewähren. Wird er es schaffen, gleichzeitig zwei so unterschiedlichen Herren zu dienen?

Bereits erschienen:

Durch einen Trick der Magier-
Brüder gelangt Jaren nach
Tangalan. Dort stellt er fest,
dass dieses vermeintliche
Paradies auch eine andere Seite
hat.
Inzwischen befällt ein durch
den Gott des Feuers manipulierter
Pilz einige Siedlungen im Moorgebiet. Es stellt sich heraus, dass Sir
Camerons und Master Da'Simhs Bruder Eivin ebenfalls mit dessen
Sporen infiziert ist.
Auf einer Reise durch das Moor verliebt Jaren sich in die Heilerin
Shira Leora. Sie ist die Schwester der Ritter, welchen er als Knappe
dient. Um ihr Herz zu gewinnen, begeht er einen folgenschweren
Fehler, der ihn das Leben kosten könnte.
Kann es gelingen die Ausbreitung des entarteten Pilzes aufzuhalten,
ehe er das ganze Königreich Glendalach verschlingt?

In Vorbereitung:

„Die Legende von Tangalan"

Band I

(Ein Mittelalter-Fantasy-Roman)